XIAO

DAO

RU

GU

本作品系 浙江文化艺术发展基金资助项目
宁波市文联文艺创作重点项目

小岛如故

XIAODAO RUGU

虞燕 / 著

哈尔滨出版社
HARBIN PUBLISHING HOUSE

图书在版编目（CIP）数据

小岛如故 / 虞燕著． — 哈尔滨 ：哈尔滨出版社，2023.1
ISBN 978-7-5484-6677-2

Ⅰ．①小… Ⅱ．①虞… Ⅲ．①散文集－中国－当代 Ⅳ．① I267

中国版本图书馆CIP数据核字（2022）第154539号

书　　名：小岛如故
　　　　　XIAODAO RUGU

作　　者：虞　燕　著
责任编辑：赵宏佳　李维娜
特约编辑：李　路
装帧设计：刘昌凤

出版发行：哈尔滨出版社（Harbin Publishing House）
社　　址：哈尔滨市香坊区泰山路82-9号　　邮编：150090
经　　销：全国新华书店
印　　刷：三河市元兴印务有限公司
网　　址：www.hrbcbs.com
E-mail：hrbcbs@yeah.net
编辑版权热线：（0451）87900271　87900272
销售热线：（0451）87900202　87900203

开　　本：880mm×1230mm　1/32　印张：6.25　字数：150千字
版　　次：2023年1月第1版
印　　次：2023年1月第1次印刷
书　　号：ISBN 978-7-5484-6677-2
定　　价：59.80元

凡购本社图书发现印装错误，请与本社印制部联系调换。
服务热线：（0451）87900279

在创作海鸟系列散文的过程中，
我发现了一个与记忆里并不一致的另外
重新认识和理解了那些曾经熟悉的人。
亲爱的读者，
期待我们在"小岛"上相逢。

自序

这是一本弥漫着强烈海腥气味的散文集,也是我一直想写的一本书,它的出版,对我而言,有着很不一样的意义。

我出生于浙东沿海岱山岛东部的一个小海岛,叫长涂,我在长涂岛生活了整整三十年,可以说,我的童年、少年、青年时代都与那座岛屿、那片海域有着道不清的纠葛和爱怨。长久以来,我对大海的感情是复杂的,充满了矛盾和不确定,大海无垠广阔,资源丰富,它犹如一座取之不竭的宝藏,慷慨地馈赠于我们,而另一面却险恶、暴烈、喜怒无常,动不动就制造台风、海啸、海难,带给我们无尽的灾难和巨大的创痛,人们的生存能力、意志力时刻经受着挑战、考验。

海岛就像一块被造物主遗弃的土地,四面临海,无着无落,交通的不便利导致小岛在很长一段时期里相对闭塞,对少时的我来讲,岛外的世界基本就靠书籍、电视、广播等途径去了解。生于岛上,除了靠海吃海别无他法,长涂的男人多为海员和渔民,早些年,船上设备差,生活条件甚为艰苦,船舶如一个个火柴盒漂浮于苍茫大海,海难时有发生,岛上无数次响起悲怆的呜咽声,久久不散。我的父亲是海员,我的一些亲戚、邻居、同学和朋友的父亲等不是海员就是渔民,从很小的时候起,我觉得自己就过上了担惊受怕的日子,甚而经常会想,如果我们不住在海岛,像城市里的人们那样上班该多好，或者在山区里做农民也很不错，种种地，多安全。就算后来，货船渔船质量越来越好，且陆续入驻了卫星导航、雷达导航、定位仪、电报等先进的现代化通讯设备，较之以前，海上的工作、生活环境均改善巨大，但海洋的诡谲莫测怎能预料，那些令人心痛难当的噩耗依然未绝。

逃离小岛，成为我潜意识里的一个念头，后来，我终于出来了，在一个吹不到海风更不用坐船的小城里生活。很多年了，我依然会时常梦到那久久不散的呜咽声，每每惊醒后，心里好似被生生地灌进了什么，又沉又疼。写作之初，我曾特意绕开海岛，对于自己的逃避，我既鄙夷，又感到轻松，但事实上，无论是写小说还是散文，关于大海和海岛的一切总会像汹涌而至的潮水席卷而来，挡不住，躲不开，是的，它们是植进我身体里的暗码，是我抹不掉的精神胎记，我无法逃匿。

写作过程中，总不免忆及某些听到过的看到过的，我的不忍与哀痛并不减当年。《小岛如故》写到一大半时，我突然想到，我的逃避，其实就像试图隐瞒自己的暗疾一样，也许只有把那些都写出来，坦然面对，"暗疾"才有可能痊愈。

《小岛如故》是我所构建的回忆的小岛，容纳进了海、船舶、人、民俗文化、吃食、苦难和坚韧等，是一部妄图通过描写海岛生活来反映海洋、人类自身以及人类与海洋关系的散文集，我知道自己做得很不够，我会继续努力。

2022 年 3 月 25 日

CONTENTS · 目录

● **人间纪事**

台风过境　　　　　　　　　　　　　　　　003
一号码头　　　　　　　　　　　　　　　　012

罾网扳过　　　　　　　　　　　　　　　　026
岛上影剧院　　　　　　　　　　　　　　　032

漂浮的陆地　　　　　　　　　　　　　　　041
海岛网事　　　　　　　　　　　　　　　　049

海风吹过苦楝树　　　　　　　　　　　　　055

思古之情

海的气味	063
海上的父亲	070
秘径	076
匠人记	083
老屋	097
母亲的翻鲎岁月	107

CONTENTS · 目录

● 习以成俗

海岛风物志	115
潮涨潮落	124
旧年立夏	130
风吹艾蒲香	136
人间七月七	141

五味六和

夏风起，海蜇涌	149
晒盐	154
落潮敲藤壶	158
海味里的旧光阴	163
花婆婆与酒淘黄鱼	174
盛名之糕	181

人间纪事

台风过境

一

在岛上，台风是常客，作为一种强大而具破坏力的气旋性旋涡，它带给海边人家的，尽是麻烦和灾难。谁都畏惧它来，谁却都无法阻挡它来。

它喜怒无常，横行无忌，岛上的人们与其较量了无数次后，倒也习以为常了，台风要来那便来吧，日子照样得过。海岛人的宿命。

从我记事时起，一来稍大点儿的台风，灶间就都是水。灶间位于房屋最后方，而我家屋后是连片的稻田，无遮无挡，台风如猛兽，进攻着，咆哮着，似有千军万马要冲进来。斑驳的蓝色后门被台风摇晃着，发出"突突突砰砰砰"的声响，母亲用棍子和扁担抵住门，两者呈八字形，台风每扑过来一次，扁担棍子便"吱吱吱"响，同时颤巍巍往里挪，犹如粮草辎重短缺的士兵，有些力不从心。而雨水不断从门缝，从水泥门槛与木门的相接处渗进来，不，是冒进来，水在地上先分好几路逶迤往前，而后，几路汇合成一片。很快，灶间开裂的水泥地就湿了大半。

母亲给她的一对儿女分配了任务，就是分别去按着棍子和扁担，说姐弟俩长大了，可以拦住这坏台风了。我和弟弟欣然应命，两双小手死死按住扁担和棍子，雨水溅在我们的脸上、手上、衣服上，凉丝丝的。而地上的水终于覆盖了整个灶间,跟一条急剧变大的蛇似的,开始慢慢向外间爬去。母亲用布拖把来回拖几下后,拎起来,对着铅桶绞干。如此,重复许多次,铅桶里的水快满了。

台风天停电,鼓风机用不了,就算能用,风也会倒灌进烟囱,根本生不了火。到了吃饭时间,母亲搬出绿色的五更鸡(煤油炉),旋出灯芯,划亮一根火柴,点着一圈儿灯芯,把盛了水的锅子放上去。弟弟很开心,忘了自己的职责,"啪嗒啪嗒"小跑过去。他知道母亲要煮面了,五更鸡适合煮面,煮米不易熟。平时,家里极少煮面,小孩儿馋了。尤其爱碱水面,方方正正的,浅黄色,下锅后,香气慢慢散出来,勾得人咽口水。那是父亲出海买回的,岛上没有。我们问到底是哪儿买的,母亲也不知道,只说是很远的地方,要开好几天的船。母亲搁了两个鸡蛋,不打碎,吱溜滑进锅,食物的香味和煤油的气味一混合,有种别样的烟火气。

我和弟弟的碗里各有一个鸡蛋,鸡蛋如圆乎乎的饼,镶了白色木耳边的饼,心想,台风天也挺好呢。突然,"咣当"一声,一股蛮霸的气流急不可待地冲了进来,屋子里的物件都受了惊吓,"乒乒乓乓"声四起,突兀,刺耳,令人心悸。我们也受了惊吓,正吸溜的面条滑到了地上,地上的锅子已被掀翻,盖子跑得老远,但我们牢牢捧住了碗,碗里还有面呢,得保护好。

是后窗的窗框掉了,台风终于找到了突破口,带着怨气和怒气,在屋子里横冲直撞。母亲让我和弟弟待在大水缸旁不要动,她捡起刮落在地的雨衣穿上,那是父亲的雨衣,军绿色,又宽又厚,继而换上黑色长筒雨靴。她出去前再次叮嘱,不要乱动,更不能开门。母亲拉开门,门缝只够自己的身子迅疾闪出去。关门声过后,屋子里有两秒的安静,但很快就被不断灌进来的风搅乱,它就像个砸了好久的门才闯进来的醉鬼,进屋后总要放肆地发泄不满,将屋里的东西拍打了一遍又一遍。

我已经不怎么担心房顶会不会被掀掉了，我在心里默算着时间，想象着母亲走下院子的五个台阶，向左，拐进屋边的菜园，顺着屋子的墙根走一段，再向左拐，才是后窗和后门的所在。菜园的旁边就是河，河水不知道漫上来没有？屋顶的瓦片会飞下来砸到母亲吗？后门还有道石头墙，都是些不规则的石头随便垒起来的，没有用水泥糊过，母亲经过时，墙倒了怎么办？我的心猛然被一根无形的线扯住，悬得老高。弟弟用手指弹水缸，颠三倒四地说着什么，我无心理他，只捏紧拳头，把脑袋从水缸旁探出来，仰脸盯着那扇没了窗框的窗户。

终于，后窗有了异样的响动。我的眼睛一下子热起来，喊：妈妈！妈妈！弟弟也跟着喊。母亲的小半个脑袋晃过，她戴着雨衣帽，一缕头发弯斜着贴在额头。姐弟俩完全忘了母亲的叮嘱，都离开了水缸的庇护，靠近后窗伸长脖子等待着。听了一会儿，除了台风的怒吼和暴雨"哗哗"的哭泣，好像再没其他声音了，我的心里一阵发慌，又喊：妈妈，妈妈！墙根仿佛被什么撞击了一下，弟弟要爬上灶台去看个究竟，想到母亲说过千万不要乱动，我一把拉住了他。

窗台上有了动静，然后，窗框摇摇晃晃地出现了，我和弟弟不禁欢呼起来。只看到母亲的两条手臂，呈投降姿势，艰难地举着窗框。我简直不敢呼吸，眼睛一眨不眨地盯着，直到窗框被成功嵌了回去。风和雨被一块玻璃阻挡在外，屋里一下子恢复到之前的平静，剩下一地狼藉证明台风曾入侵过这间不起眼的小平房。

怕再次被刮落，母亲用一只手扶着窗框，久久地。幸而后门有一堆砖头，她灵机一动，将砖头一块一块垒在窗台，以抵挡台风的冲击。

屋里变暗了一些，树枝疯狂扭动的身影从垒起的砖头上方一闪而过，之后再没出现，因为那棵树被刮断了，它倒伏于地，奄奄一息。母亲进来时浑身湿透，她说幸好窗框掉在泥地上，玻璃没碎，不然麻烦大了。

直到晚上，台风还没减弱，从院子及更远的地方传来它搞破坏的各种响动，此起彼落。而屋顶上，似有人在玩耍，一会儿跺脚，一会儿掀飞瓦片，一会儿尖叫着奔跑，房屋被折腾得恍惚晃荡起来……母亲将我和弟弟抱上床，说：不怕，好好睡觉。起先因畏惧、担心，我睁着眼睛胡思乱想了一通，不知什么时候便睡过去了，母亲说过，小孩子都打不过瞌睡虫。

我知道，母亲肯定一夜没合眼。

二

来台风时，父亲往往不在。

父亲是来自海上的客人，船才是他漂浮的陆地。即便早早接收到了气象预报，货船急急返回，安全停泊于港口，父亲也不能回家。台风天，全体船员得守船。

从前，来台风时，船员是不用守船的，直到有一年发生了件大事——泊在长涂港的几艘货船不见了。它们被台风挟持，挣断了锚链，铺天盖地的海浪将火柴盒似的船只携裹其中，瞬间就过了风水礁。待台风过后，人们在竹屿港发现了它们的踪迹。竹屿港与长涂岛遥遥相对，港中多明礁、暗礁，以潮急浪大闻名，清文人陈文份曾为其写下一首诗：一湾海藻横支港，万里雷声走怒涛；骇浪天翻银练卷，疾流鼎沸素波熬。台风加险港，那几艘"出走"的货船居然没有触礁，也没有倾覆，只是一路沉浮颠簸受了点儿小伤，人们松了口气，纷纷说万幸，不然，海运公司损失惨重。只是从此出了规定，台风天船员不能弃船上岸。

平常的台风，母亲是不放在眼里的，自顾自备好蜡烛和火柴，水缸挑满水，地里的菜能摘的摘能割的割，鸡仔一只只捉进鸡笼，拎到屋里，检查门窗、加固，就当外头来了个不好对付的人吧，任其咆哮，闭门不出即可。有一年的台风有点儿怪，人们后来说起，像龙卷风，树叶纷纷呈螺旋状被卷到半空，好多房屋的屋脊头瞬间掉落，那是一股强力直接扭断的。我家的屋脊头也在那会儿一个跟头栽下，顺势扑倒于瓦片上，一路撒泼打滚儿，最后凌空一跳，粉身碎骨。母亲回忆，那只屋脊头断掉后仿佛先被抛起，再砸到瓦上，若是直接掉落，那一记砸落声不会那么重，跟惊雷似的。屋脊头滚动时，瓦片的碎裂声与刮落声响得恣睢无忌，听得母亲胆战心惊，生怕失去了瓦片的压制，雨毛毡被掀飞，屋子就开了大天窗。

随着屋脊头"砰"地落地，所有的声息都淹没于大风里。母亲刚舒了口气，却发现西边的墙渗进了水，白色墙面被泡得鼓起，碰一下，脱落一大块。母亲心神不宁，觉得那跟以往很不一样的现象都预示着不祥，越想越乱了方寸，待台风稍小了些，她便全身武装出了门。

母亲要去码头找父亲。父亲在守船。海运公司的铁门大咧咧开着，不见一个人，几截树枝不知道从哪儿刮来的，伏于泥水里瑟瑟发抖。看起来，海上的风比陆上要大多了，海面完全不是平日的模样，似有一双无形的巨手要把大海搅翻，浪头以吞噬一切的态势狂嗥，雨七扭八歪砸下来，海与天几乎要贴在了一起。惊惶之下，母亲一阵眩晕，不由得蹲了下来。当时来了个人，是海运公司的守门人，他看清用男款大雨衣把自己包得严严实实的母亲后，很诧异，说还以为是男人，谁家的媳妇，胆子也太大了，就不怕被吹到海里去啊，赶紧回家。接着，就把母亲送出了海运公司。

007

母亲至此知道，就算父亲正在某条停靠于港口的船上，她也找不着他，要去船上找人或船上的人要上岸，必须坐小艇，最开始的时候是用渡轮带，恶劣的天气，要过海都是极冒险的，即使在内港。

母亲死了心，往后有多大的困难，都自己应付吧。

而更多的台风天，我们都不知道父亲在何处，也许在泱泱大海，也许在遥远的某个港口。通讯不发达的年代，我们的惶遽与牵挂无法传送，娘仨只好巴巴守着一台半导体收音机，反复听气象预报，播音员声音缓慢、凝重：台风紧急警报，台风紧急警报……听着听着，母亲织毛衣的动作慢了下来，直至停顿，继续织，又停顿，再继续。后来才发觉，居然漏了好几针。拆掉，重织。

有好几次，我做梦都在听台风预报，什么中心气压几百帕，附近洋面风力可达多少级，以及大目洋、猫头洋、鱼山、大陈渔场等等，那些句子和词汇突然从收音机里蹿了出来，化成了一连串的铁坠子，渔网上的铁坠子，它们狰狞地逼近我，要把我拖下海。我大叫着醒来，冷汗淋漓。

终于，母亲坐不住了，岛上的很多女人都坐不住了，她们像海浪般"涌"向海运公司，那里的某一间有单边带收发信机，单边带是岛上能接收到船只信号的唯一通讯工具，是陆上人们全部的慰藉和希望。男人们所在的船有没有在台风来临前靠岸？若没有，在苍茫大海里是否安好？女人们耷着一张张失了色的脸，强打精神互相安慰。单边带"嘶嘶嘶"响起，话筒忙不迭地捏紧放开，捏紧放开，一个个数字代表着船号急急呼出去，不明所向的船只会有回应吗？时间似被什么东西拖住，几乎挪不动，等待反馈的过程犹如承受凌迟。

我那会儿默默想，长大了，还是别嫁海员和渔民了。

三

每一次较大台风过后，岛上的人们就要迫切投入到修缮家园的工作中。相邻的人家互相串门慰问，了解彼此的受灾情况，商量一起买玻璃、买瓦片、请泥瓦匠等。顾不上心疼，也没有心思抱怨，尽快修复加固才是正事，因为，谁也不知道下一次的台风什么时候来，风力会达到哪个等级。

岛上几乎家家都有梯子、抹泥刀、刨子、钻子、锯子等，台风肆意扫荡后，房屋等建筑物大伤小伤不断，久"病"成医，一般的伤基本靠自己"治疗"。墙塌了自己砌，门破了自己补，窗碎了自己镶，瓦片飞了自己盖，雨毛毡漏了自己铺，房间被淹了，全家穿起高筒雨靴端着大盆小盆舀水，一点一点往外倒……对同一种"病"，当然也会越治越有经验，"复发"的概率低了许多。

像阿芬家的那堵石头墙，大概被台风盯上了，塌了三次，她父亲（我叫他阿爷，他们家辈分高）就搭建了三次。头一次，那声"轰隆"惊得四邻坐立不安，母亲隔着玻璃窗和雨帘猜测大动静来自阿芬家，我的心蓦地下沉，脑海里出现阿芬被石头压着，满身是血的样子，"哇"地大哭。后得知是围墙的石头倒了一地，阿芬全家毫发无伤，才抹去眼泪继续啃番薯片。阿爷重新垒墙时，仔细地用黄土黏合石块间的缝隙，我和阿芬一起祈祷，千万别再塌了，结果，两个月后，它还是不争气地给台风行了跪拜礼。阿爷得了教训，认为是墙基不够牢固，遂加宽，再用榔头敲打石头，使之形状规则，垒的时候尽量严丝合缝，改进后的确挨过了好些年的台风。第三次只塌了上半部，那个台风委实凶猛，我家的另一个屋脊头就是在那会儿阵亡的，阿爷索性在黄土黏合的基础上又浇了水泥。从此，围墙便屹立不倒了。

若受灾较严重，家里又没有得力的人，那只能请师傅修了。刘婶家的瓦片房不但几近秃顶（瓦片所剩无几），还多处漏水，屋顶成了巨型水蓬头，屋里的人被强迫洗澡。刘婶的男人在早些年的一次特大台风中没了，当时，他所在的船途经某海域，被排山倒海的大浪攻没，全船无一生还。邻居们帮着搅拌水泥、装窗玻璃、扶梯子、递瓦片、盖瓦片，母亲则协助刘婶买菜、做饭，泥水师傅是要在主人家吃饭的。

刘婶家的屋子比她老得还快，水从屋角渗进来，墙面多处脱落，露出黄色的泥。墙是用黄泥拌稻草抹面的，外涂白灰，降水量一大很容易渗水。那时候，岛上很多人家都是这种墙。地上湿漉漉的，几只破旧不堪的盆啊瓮啊还没来得及撤走，光放肆地从屋顶的破洞探进来，那样的光亮是如此不合时宜，它让屋里凋敝的一切显得难堪和惊慌。刘婶跟做工的人重复了数次：今天能修好吗？尽量快一点儿好不好？就算不下雨，漏风又漏光，住着心慌！口气几近哀求。

待刘婶的房子修葺一新，母亲有好几天都跟刘婶腻在一起，两人并排坐，飞梭走线，织着同一顶网。在岛上，织网极常见，女人、老人，甚至小孩都会，织网就是为了赚几块手工钱。而母亲跟刘婶织的网就怪了，网线粗细不一，颜色深浅不均，估计是好几户人家用以前剩下的线凑起来的。更怪的是，网织好后直接罩在了刘婶的屋顶，网的四个角绑上石头或砖块，垂落于房前屋后。

小孩们觉得新鲜，难道屋顶会有鱼？都约好了似的，一天去参观数次。母亲说，刘婶的房子地势低，周边又没有高一点儿的建筑物，台风一来，刮翻瓦片就像翻书一样轻松，罩上网，台风就没辙了。后来，附近的好多人家都效仿了。

父亲总夸自家的房屋坚强，历经那么多次台风、暴雨，虽伤痕累累，总算扛住了。家底薄，房子是靠父亲一己之力盖的，材料能省则省，实在省不了的，哪种便宜买哪种，而砌墙的石头是用老木头手推车从山上一车一车拉来的。为节减工钱,他自己浇水泥地、做门窗、建土灶。按母亲说的,就跟搭积木过家家一样,也把房子盖起来了。

知道房屋底子弱,父亲每个航次回来都要拿着工具检修,窗缝门缝漏水这样的算不得问题,用石膏、桐油等打匀的油灰补上即可。有些蛮严重的状况,好像在他手里也不是问题了,梯子往屋前一靠,"嗖嗖"就上去了,船上十几米高的桅杆他都爬得驾轻就熟,何况一个梯子。两个翘角的屋脊头都掉了,他没有重新浇筑,干脆抹平了之,难看是难看了点儿,但不招风。其他的一阵敲打补葺,下来时胸有成竹,说台风也欺软怕硬,你强它就弱。

但安稳与静好都是暂时的,台风不知道什么时候又会破坏掉这一切,而后,开始新一轮的抵抗、忙乱、缮治、重建。周而复始。

一号码头

一

一号码头是长涂岛的海军码头，它建成时，父亲刚满十岁。

有了海军码头，便马上有了驻地部队。一直以来，这个地处长江口南端，东濒公海，西临杭州湾的岛屿似乎已习惯于被放逐的离群索居的状态，海军官兵的迅速拥入，让岛民们兴奋之余又有些不适应，就好像，幽居的小家小户突然有客人造访了，难免拘谨。而当时，因为建造的营房尚未竣工，士兵们确实像远道而来的客人那样在百姓家借住了一段时间。

为迎接那些穿着水手服的年轻小伙，爷爷把堂屋清扫得亮亮堂堂。父亲腰间别着把木枪，神气地在村子里走来走去，他恨不得昭告全天下，住在堂屋里的解放军叔叔夸他很有军人的风范呢。

多年后，人们已无从记起，到底是从什么时候开始，一号码头传来的军号声几乎代替了家里的三五牌大钟，起床，出操，开饭，午休，熄灯……钟表说不定还罢工，军号从来不会。有小孩儿晚上闹腾，迟迟不睡觉，大人气急打屁股：这小人成精了，听听，一号码头的熄灯号都响啦！偶尔出现个紧急集合号，大家难免要揣测一番，是演习还是动真格？会不会有什么大事发生？有人甚至还会去一号码头的大铁门外张望一番。

若非特殊情况，一号码头的大门是对百姓敞开的。那里的草坪、篮球场、水泥浇筑的步行道、灰白色的营房和宿舍楼、远处的大海与舰艇，构成了一幅独特的风景画。连接操场与码头的斜坡在月光下迷离神秘起来，它通往的码头，和码头边停靠的军舰，透着一种难以言喻的庄严，这种庄严通常被解读为不可越界，不容侵犯，于是，止步于斜坡成了大家的自觉行为。夜色里，银白色的军舰散发出近乎圣洁的光芒。

清晨，或晚饭后，人们在一号码头的大操场打球、散步、练习骑自行车，抑或纯粹去聊聊天吹吹风，迎面而来的士官士兵们自顾自说着好听的普通话，海风吹起他们帽子上的黑色飘带，像两根在空中飞舞的指挥棒。

如果说，最开始，一号码头和驻岛部队让身为原住民的人们有一种略微的不自在，那么后来，这种不自在就像丢进大海里的盐粒，已无处可觅，或干脆被溶解了。一号码头跟海运码头、客运码头一样，成为了岛上不可或缺的毫不违和的存在。

二

我对一号码头的最初记忆，却是看电影。

20世纪80年代初，岛上还没有通电，我们的夜晚，是被昏黄的煤油灯主宰的夜晚。那会儿，一到晚上，整个岛上最亮的地方就是一号码头，部队里有自己的发电机。那种灯火通明的景象让六七岁的我莫名哀伤，一种亲睹了美好却又好像永远够不着的绝望在心里头滋长。但很快，我就欢欣起来了，因为一号码头有电影可看了。

我家离一号码头不过400来米，那里的风吹草动很难逃得过我和弟弟的眼睛，尤其是看电影这样的大事。母亲对看电影这件事是充满排斥的,在我们为晚上可以去一号码头看电影而开心地奔走相告时,她却紧锁眉头,反复地说:"真烦人,怎么又有电影了。"待我和弟弟都成年后,母亲说起一号码头看电影的种种仍有点儿谈虎色变的意味。而我几乎一闭上眼睛,就能看见当年在人流里艰难移动的母亲。她一手抱着我,一手扛凳子,走几步就要停下来,前后左右地看,她特别怕端着小椅子的弟弟没跟上来,或被挤丢了。母亲扛的凳子是那种实木有靠背的,很重,她得把手臂伸进靠背的横条之间,将它挂在肩上。那是专门给我坐的凳子,她总怕我坐其他凳子会摔下来。

一个又一个的人,一群又一群的人,轻快地超越我们,他们都像裹了层热烘烘的气体,在经过我们时,却把那层气体脱下来扔给了我们。母亲的身体愈发地热起来,汗珠从她脸上滚落,滴在我的手臂上。

一号码头的大操场上早已挂起了白色幕布,母亲总是尽可能地让我坐在靠前的位置。我坐在凳子上向后张望,人们如蚁群,密密麻麻地拥过来,仿佛,幕布是一块巨大的涂满白奶油的蛋糕。脚步声、说笑声、竹椅的吱吱扭扭声,冰棍瓜子的叫卖声搅和成一团,在空气中翻滚。空气变得稀薄而灼热。

我喜欢上了这样的氛围,浩大的,有生气的,热气腾腾的。

当幕布上投影出第一帧画面,那些声音突然就消失了,好像天上有个袋子开着大口,把它们都收了进去,然后扎紧了口子。人们沉浸其中,连嗑瓜子的速度都慢了下来,我甚至听到了草丛里传来的蟋蟀和青蛙的叫声。而等电影放到一半或高潮处,场上逐渐骚动——很多声音从喉咙里解放了出来,坐我前面的人索性放肆地站起来看,后面的人则理直气壮地跑到前面去看。我的面前筑起了人墙,我的视线被重重人影切开,银幕的光透过缝隙忽明忽暗。母亲抱起了我,用手臂垫着我的屁股,并尽力地往上抬,这样我就能继续看到电影了。弟弟站在我坐过的大凳子上踮起脚尖却依然只能看到人家的后脑勺,随即将嘴巴一咧哭得震天响,母亲只好左右各抱一个。

那个时候,我在一号码头看过好多场电影,黑白的,彩色的,却记不起都看了哪些,甚至记不得任何一个稍微具体点儿的情节,倒是对电影里的喝水镜头印象深刻,似乎每部电影里都会有人端着搪瓷杯喝得有滋有味,旁若无人。而一旦电影里出现搪瓷杯,我跟弟弟就嚷嚷着要喝水,一秒钟都等不了,好像不给喝就要立马渴死一样。因此,母亲专门去买了两个可以背的小水壶,我的粉色,弟弟的绿色,姐弟俩专心致志地等着电影里的人喝水,他们一喝,我俩随即捧起水壶咕噜噜地喝,喝得超级卖力。

母亲最怕的是,等电影散场,我和弟弟却都睡着了。她不得不把弟弟拍醒,买一支冰棍哄他下地走路。有时,冰棍诱惑失效,母亲只好把小凳子留在一号码头,抱着我和弟弟,肩上背着实木凳子一点儿一点儿地走回家。我伏在母亲的肩头,迷迷糊糊中看到我们的影子在地上晃来晃去,那是个形状奇怪的影子,三个人和一把凳子粘在一起的影子。母亲边走嘴里边发出"嘿哟嘿哟"的声音。

母亲肩部经常疼痛,使不上劲儿,就是那时落下的病根。她说,每次从一号码头看完电影回来,肩膀和胳膊好像被卸掉了一样,不是自己的了。那么短的路突然变得很长很长,咬着牙走啊走,怎么都走不到家。我怨她为什么不拒绝我们,为什么每次有电影就要带我们去看,母亲说,你们太喜欢看电影了,尤其是你,那么会哭,不让你去看的话,长涂港的海水要被你哭干的。

有时候,我坐在整洁、豪华,看起来都井然有序的电影院里,会突然想起当年的一号码头,想起三个人和一把凳子粘在一起的奇怪影子。逝去的光阴，交错的光影，让眼前的一切一下子模糊起来。

三

后来，一号码头不再放映电影了，但岛上的姑娘们对它青睐不减。

夏日的傍晚，她们早早地吃过了饭，洗好了澡，三个一伙，五个一群，说说笑笑袅袅婷婷地走向一号码头。粉的脸红的唇，黑缎般的秀发在肩头摇曳生姿。她们经过的地方，连空气都香了起来。

她们为每个傍晚去一号码头穿什么而花费心思。粉色泡泡纱连衣裙、大红乔其纱衬衫、白色西装短裤、肥皂黄迷你裙、碎花改良旗袍……那时的一号码头每晚都可以欣赏时装秀。年轻的士兵们总会偷偷打量绚烂盛放的姑娘们，那投过来的目光，是姑娘们的白月光。她们不动声色，故作矜持，却在心里乐开了花。

我上初一的那个暑假，某天，邻家的紫英姐姐告诉我一号码头晚上有军民联谊会，而后，她眨眨眼睛说，你给我们当评委就带你去看。午饭后，紫英姐姐的几个小姐妹一齐会聚于她的卧室，每个人都从自己的大包里掏出了宝贝——衣服、首饰、镜子、化妆品。她们关上房门，拉上窗帘，打开灯，然后轮流去布帘子后面换服装、化妆。每个人拉开帘子都会问我，姐姐好不好看？我不住地点头，好看，好看。帘子就是幕布，每个从那里面出来的姐姐都是光彩照人的明星。一一惊艳亮相过后，便是气氛活跃的交流会了。她们互相取笑妆容上的不足、首饰的夸张或廉价，互相研究怎么画眼影、怎么盘头发，因为试穿别人衣裙发现不合适而笑作一团。她们暗暗攀比，各取所长，直到个个都认为装扮出了最美的自己。

天空如一块淡红色的布幔，缓缓地往山那边拉，一号码头的大操场被铺染得柔和起来。《军港之夜》轻柔地飘荡在风中："海风你轻轻地吹,海浪你轻轻地摇……"人们的说话声不自觉地轻了起来,踩在草地上的脚步也轻了下来,海风轻拂过我们的脸颊,我似乎还能感觉到码头边海浪拍击礁石传递过来的微颤。紫英姐姐她们在我身后交头接耳,偶尔发出的轻笑,拖着意犹未尽的尾音。我不用回头就知道,她们是多么兴奋。

曾经放映电影的地方搭起了舞台,耀眼的灯光,鲜红的地毯,把围观的人都映亮映红了。一融入人群,热浪裹挟着多种体味扑面而来。我转动脖子瞄了一圈儿,周围年轻人居多,穿得花枝招展的女孩们优雅地轻摇折扇或用手绢煽风,香粉的味道直往我鼻子里钻。

我完全沉浸在演出中,并不专业的舞蹈与歌唱把我带入了盛大的惊喜里。离我咫尺的那些人变得那么光彩夺目,他们在台上的一转身一抬眼一低头都那么潇洒、自信,仿佛刚从银幕或画报里走出来。着海魂衫的士兵抱着吉他出来时,我听到旁边的姑娘们"哇"了一声,这是个眉目清朗的年轻人,他没有微笑也没有看台下一眼,自顾自地坐在凳子上弹唱起来。他的歌声像一场传染病,每一个字每一个音符都是细菌分子,它们迅速蔓延开来,台下的很多人都中了招。哼唱声从零落到齐整,从拘束到尽情,歌声合在一起,像被煮沸了融化了,成了一大片,那热气烘烘的律动把人的心都震得荡漾起来。

那首叫《童年》的歌后来被我工工整整地抄在了一本崭新的笔记本上。

在那些表演者当中,紫英姐姐看起来是那么投入,那么吸引人的目光。应该是一首情歌吧?她唱得深情缠绵。灯光下,眸光潋滟,眼睛里的哀怨似要溢出来。她穿了粉色上衣,白色百褶裙,脖子上围了一圈儿粉白相间的花边,像荷花般亭亭玉立。风拂过她的长发、她的裙摆,仙气十足,好像随时都会飞走。我相信那一晚,一定有很多小伙子看得痴了。

在精神生活匮乏的海岛，年轻的人们是多么眷恋这样的夜晚，连月光和星光也变得如此迷人多情。他们拖延着时间，迟迟不肯离开，这人生中难得的明媚让人产生微醺感。姐姐们的笑声放肆了起来，眼角眉梢飞扬起来，她们扭动着好看的身姿，说："兵哥哥，再见！"

岛上的风言风语一旦出现，便会迅速壮大，然后如潮水汹涌奔泻——某某家的闺女裙子越穿越短天天往一号码头跑，某某家的败家精经常把好吃的偷运进一号码头，某某家的姑娘趁着天黑与一个穿海军服的搂搂抱抱……有女儿的父母们觉得问题严重，开始紧张了，自家女儿要是被当兵的摄走了心魄，吃了大亏怎么办？人家一退伍就拍拍屁股走人了，女孩子在岛上就难做人了。更怕女孩儿脑子一发热跟着人家跑了，那些当兵的都来自很远的地方，也许还是很偏僻很穷的地方，女儿以后肯定要受苦受欺负的。不行不行，得把所有的危险因素都扼杀在萌芽之中。

于是，一号码头突然成了姑娘们的禁地。我听到紫英姐姐的妈在院子里大吼："再去一号码头就打断你的腿！"接着，屋里响起了很重的关门声，带着撒气、抗议和极端的不甘心。人性常常如弹簧，压得越紧，弹力越大，而青春期的小叛逆和想象中的伟大爱情又把姑娘们的胆子养得肥溜溜的，不让去就偏要去，不能光明正大地去那就偷偷摸摸地去，冰封之下照样有涓涓活水。她们甚至还结成了联盟，互通情报互帮互助。紫英姐姐在她小姐妹的掩护下像条鱼似的溜进了一号码头，她喜欢上了那个弹吉他唱《童年》的兵哥哥，她暗地里给他织了围巾、手套，为了给他写信，一遍一遍地练字，还托我在学校门口的店里买了漂亮的信封和信纸。她的眼里经常含着两汪油，仿佛只要有那么一点儿火星子，她的青春就能热烈地燃烧起来。

紫英姐姐眼里的两汪油变成了两汪泪。她的兵哥哥以义务兵不能在驻地谈恋爱为由拒绝了她，并退回了礼物和信件。这是个多么冠冕堂皇的理由。把她心底残存的几滴火星子浇成死灰的是，人家说在老家已有女朋友了，在她费尽心思去见他时，他却刻意回避她。她明白，多半是人家瞧不上她。她也是个心高气傲的姑娘啊，灼热的眼眸从此冷却下来，曾经视若圣地的一号码头逐渐被冷落成了一个模糊的影子。

我在那个青涩的充满幻想的年纪里，认为爱情是一件天大的事情，为之不顾一切才算没有白活。我特别关注人们谈论的某个姑娘，她爱上的那个义务兵退伍了，可她依然天天去一号码头，问那些她认识或不认识的军官和士兵，问某某有没有来过信，有没有什么消息。她会突然因为想念他而哭。

人们说她不好了，是个花痴了，口气是不屑的。我暗自为她难过了很久很久，并替她后悔，当初为什么不放下一切跟他走呢？

四

1993和1994这两年，如果不下雨，我和芬几乎每天都会去一号码头待上一会儿，有时是早晨，有时是下午，极少会在晚上去，因为那个时候的我们都讨厌黑夜。

我们像被困在孤岛等待救援的人，坐在一号码头上热切地眺望海上的来往船只，讨论着哪些是货船哪些是客轮，讨论它们会去哪儿，上海、南京、连云港还是海南岛、大连？我们也像百无聊赖的老人，晒着大太阳回忆上学时的运动会——在一号码头举行的各类运动会，振奋又热烈。我说芬跑800米像闪电，头甩得堪比拨浪鼓，她说我大概是最投入的拉拉队员，声音那个洪亮，表情那个专注，都顾不上自个差点儿被人家挤翻了。我们谈论谁长跑最厉害，谁快到终点时吐了，谁跳高动作比较帅，谁掷铁饼伤到了人……话题慢慢延伸开来，又变成谁对谁有意思，谁浓妆艳抹地不知去哪里打工了，谁成绩那么好以后肯定可以考北大清华，谁能进上海某师范全靠家里有关系……说到最后，总有一个先沉默，而后，一起沉默。

或因为成绩或因为身体，我们都与高一级的学校失之交臂了。我们是两条搁浅在沙滩上的鱼，只能眼睁睁看着同伴们骄矜地游向各自的海域。那都是神秘的令人向往的海域。我们故意忽略其他同样搁浅的鱼，假装世上就只剩伶仃的我们，心里盛满年少的忧伤。我们望着那些渐行渐远的背影，一边沉溺于绝望和不甘心，一边相互怜悯相互取暖。我甚至觉得自己就像一号码头的海滩岩，已被现实世界的风浪击打得斑斑驳驳千疮百孔了。

有段时间，芬突然找着了人生目标，每天吃了兴奋剂似的一大清早就要去一号码头锻炼，说要减肥，要瘦而美。她先一路小跑到我家，然后和我一起到一号码头。太阳还在海那边隐着大半张脸，草地上的露珠像成串成串的眼泪，偶尔，有小蟾蜍小青蛙用力过猛，跳到了我们的脚板上。我就想，其实我们还不如蟾蜍青蛙呢。芬在水泥地上做各种据说有利于减肥的运动，我掐着手表给她计时。军号声响起，阳光开始薄薄地笼上偌大的操场。即便有海军来来回回地走动，我还是觉得操场很空很空，整个一号码头都很空，和我生活的这个小岛一样，已经空荡得跟小时候的不一样了。

因为岛上的人越来越不安分了。成绩好的考出去了，有能力的出去赚钱了，有钱的出去买房了，而且，一旦出去就不再回来。午后，太阳照得街道亮晃晃的，我坐在家门口，往左边望去，一片亮晃晃，往右边望去，还是一片亮晃晃，不见一个人影。要不是时不时传来"哗啦啦"的搓麻将声,我还以为整条街的人在一夜之间都搬走了。

那种直观的空让我感到从未有过的孤单、迷茫,还有恐惧。

但我无力改变,也无法逃离。

母亲说,从我得病起,她就经常做同一个梦,梦到去窝里捡鸡蛋捡鸟蛋,每一次,都有一个蛋是碎的,她说我就是那个碎的蛋。而我也梦到了蛋,蛋已经孵出了幼鸟。幼鸟振动着翅膀,努力地练习飞翔,反反复复地练习,却怎么也飞不起来。

芬放弃了减肥。她说,就算自己变得又瘦又美,还不是依然得待在这个小岛上。虽然我和芬都明白,不是所有离开的人都前途无量,都会拥有辉煌的人生,但年少的我们被那些飞出去的同伴们刺激得红了眼,那些整日打打麻将看看电视,终老于岛上的婆婆姊姊们的人生成了我们的噩梦。

芬说,她以后要嫁到市里,至少是县里,前提是,得走出去,否则,谁能知道这样的小岛上藏着一个我?

岛上突然流行起了加工柞树,说是出口日本的。一号码头有个空置的营房被改作了临时的手工作坊。称之为作坊其实是不合适的,不过就是一座空房子里堆了好几处浸泡过的树枝,二十来个人拿着剪刀等工具修剪、绑扎,然后等那个在旁边转来转去的女人验收。

芬也去了那里加工柞树。她抱怨里面的空气潮湿,充满霉味和腐烂味,抱怨一起做工的人俗不可耐,抱怨那个女人压榨工人,经常少数漏数产品,因为工钱是按计件算的。刚抱怨完,她又说要忍耐,总比织网赚得多。

终于,芬来了一次大爆发。她和那个女人厮打在一起,头发扯掉了,脸皮划破了,膝盖和手臂上的淤青像一对颓丧的黑眼圈。这一架惊动了一号码头的海军士兵,他们劝架时,用上了居委会大妈般的耐心和热心。最后,芬像一个挂彩的英雄,挺胸昂头地走出了一号码头。

我对这样的结果是有预感的。一直以来，那颗年轻骄傲的心被惘然、委屈、不甘、挣扎、绝望……慢慢占据，当它们越占越多，满到要溢出来，总要找一个出口。否则，心是要爆炸的。

我在那个时候着了魔似的爱上了阅读、听广播、交笔友，那种在精神上与外界保持联系的方式让我平和，并达观起来。那是我给自己找的一个出口。

最终，芬如愿嫁到了县里。我后来也离开了小岛。起初，趁着回岛上过年，我们总会想办法聚一聚，当年在一号码头的细枝末节都被从记忆里拎出来说了又说，我们隐约害怕着，除了重温回忆，会不会再也找不出什么能把两个人维系在一起。

很多东西的逝去或改变，也许只能怪罪于时间。

那一年，班里组织同学会，唯有芬，一直联络不上。班长特意去找她，但芬说，她不想参加同学会。她很坚决，也很漠然。

近些年，她没跟包括我在内的任何一个同学有联系。芬的姐姐说芬像个旧式女人，一直没有工作，也不会用电脑，每天除了打麻将，就是看电视剧了。

我开始怀疑，芬当年和我在一号码头远眺来往船只时诉过的落寞，憧憬过的未来，都是我自己幻想出来的。

五

听到一号码头成了空码头的消息时，我已经离开小岛多年了。

如果说岛是一块被放逐的土地，那么生长于岛上的人可能也被随手打上了放逐的烙印吧，无论日后，她（他）是否离开，离得有多远。

在另外一座小城里，我是个孤岛。海岸线就在那边，目光可及之处，另一个广大的世界无尽铺展。我拼尽力气泅渡过去，身体里的某些暗码却不断提醒我，你融入不了。

在一个冬季里回了岛上。一下轮船，海风裹挟着熟悉的味道涌进四肢百骸，近乎霸道地在体内游走，试图与潜伏着的某种气息契合。一路上，迎面走来一些人，不认识我的，以为我是偶然的闯入者，跟这个岛无甚渊源；认识我的，问我：你回来了？准备住几天？在他们眼里，我也是偶然的闯入者，已经跟这个岛没有太多的关系。

回岛的第二天，我去了一号码头。通向它的那条水泥路像一大块磨旧褪色的布料，敝陋过时，两旁的野草疯长，是那种狂狞的自生自灭的长势。一号码头门口的地面已经开裂且有沉陷的迹象，大铁门锈迹斑斑，一把大锁冷漠地拒绝了我们。附近的人说，自从里面的海军全部撤走，门就锁了。不过他们告诉我另一种可以进入的方式——绕到后面的围墙，围墙原本已经塌掉一部分，后来又被经常去码头钓鱼的人刻意地又刨又挖，于是就有了一个缺口。一个可以出入一号码头的缺口。

所有的迹象似乎都为目的地的衰颓败落作了预示。

算不清已经有多少年没到一号码头了，虽然有心理准备，却还是被眼前的景象暴击了一下。大操场上的步行道和篮球场几乎辨认不出，杂草从开裂的水泥地钻出来，一丛丛看似蓬勃却营养不良地枯黄着，跟泥地里肆无忌惮蹿出来的野草交杂在一起。灰败无光的营房和宿舍楼在荒草的围困下低矮了许多，碎掉了玻璃的窗子黑洞洞的，似乎能闻到从里面散发出来的霉味。它们如风烛残年的老人，在连片的荒地里瑟缩着，让人很担心来一次不大不小的台风，就会禁受不住，就会倒下。

看起来，码头还是完好的。系船墩子一个个老老实实地立在那里，虽然已锈迹遍布，脏污不堪。海面灰蒙蒙的，好似把灰色的云搅拌进了海里。正是退潮时，灰褐色的滩涂无遮无拦地冲进我眼底。

我从来没有见过这么荒凉的一号码头，没有一艘舰艇，没有一只海鸟，连锚链都试图把自己隐匿起来，绝大部分都浸入了混浊的海水里。

码头前沿有一些被碰撞划击过的印记，那些曾在许多个日日夜夜里依偎于此的舰艇都离开了，不再回来了。823号，833号，808号……我的脑子里像有个电子滚动屏，不停闪现这些数字。曾参加过西沙群岛自卫反击战的军舰，船头的八一军徽在阳光下熠熠生辉，那个多年前的我，多次远远地瞻仰过它。终于，某个下午，经同意，我可以接近它。我坐在舰艇的船舷上，双脚搁在码头，在男友举起相机给我拍照的当口，三点钟班的轮船从旁边大摇大摆地开过，舰艇随着海水荡漾，一种即将脱离地面的恐惧和兴奋瞬间攫住了我，惊叫声冲出我的喉咙，停歇在不远处的两只海鸥受了惊吓，扑棱棱飞走了。

那张照片至今仍保存在我的相册里，那个正当青春的眼神迷茫的我明明很紧张却对着镜头挤出了微笑。后来的许多次，我看着照片，幻想着自己就这样坐着舰艇离开小岛，去了远方，不管是哪里，只要是远方。那时的我以为，所有的远方都很美好。

起风了，天空像一张阴郁的脸，随时就会大哭一场。我准备离开。

灰色的云迅速聚拢，沉坠下来的阵势似乎要将营房压塌。听到有什么东西被刮起被刮倒，几声嘎吱嘎吱过后，便是惊心动魄的"砰嘡"。耳膜和心脏同时感觉到一种受震荡后的刺痛。

有些仓皇地经过大操场，到达那个缺口时，我回头，遍地的荒草毫无章法地乱舞，像永远涌不上岸的波涛。所有的物都影影绰绰。这应该是我最后一次到一号码头了。也许，过不了多久，那里会被开掘、重建，变成另外一个地方。它不过是映照在时间长河里的一个斑驳身影,终会被无声地粉碎。

  曾经,出现在那里的号声和口令声,庄严和热闹,迷惘和希冀,全部消失得无影无踪了,但它们会像刻录进我记忆的一部纪实电影,在之后的岁月里,回放一次又一次。

罾网扳过

他一推开小屋的门,夕晕轻手轻脚跟了进去,晃了两下后,停留在那个罾上,挂于墙上的罾。确切地说,只能算是罾的网片,闲置多年,绑在渔网上的竹棍早就脆裂,不知被儿子丢哪儿了,只剩下灰扑扑的网片,稀软、消颓,像一个被打断筋骨的人瘫在那里。

他跟之前的很多次那样,上前,用拇指和食指拈起网片,那缕阳光随之颤了颤,恍若渔网里不甘心跳跃的鱼,亮得耀眼。这个曾无数次浸没于海水的罾,无数次载满鱼获的罾,无数次被他下压又上提的罾,不,应该说罾的一部分,早已失去了属于它的味道——那腥咸的、鲜腴的、幽昧的味道,取而代之的,是一股子窒闷的霉味。他想,又该拿出去晾晒了,得选个阳光温和的日子,渔网忌暴晒,否则老化得快。

老化就老化了,留着也没用啊。这是儿子的原话。

是啊,留着有什么用呢?他想了想,确实找不到非得留着的理由。

他的目光落在网片边沿,有明显的磨损痕迹,那里绑过竹棍子。完整的罾由网衣和竹棍(或木棍)两部分组成,曾是海洋捕捞的主力军,叱咤海上,屡获海味,他见证了它们的辉煌。罾有大有小,可根据需要灵活选择,小的一人即可操作,大的则要用杠杆、辘轳等简单机械来起罾。罾网一般呈正方形,网目越接近中央就越小,操作起来不复杂,只要在网中央坠上重物敷设水中,待鱼类游至网的上方,及时提升网具即可。鱼哪能想到,好好地游着游着,便整个腾空而起,无处可逃了呢。

相对于其他的海上捕捞工具而言,拉罾网捕鱼古老且算不得体面,但他觉得好,用得称心又称手。扳罾是不露声色的陷阱,静卧水底,恭候猎物,而他呢,是猎人,静候于船上或岸上,睥睨而向。他简直对这种守株待兔式的作业方式着迷,白天,水面的蛛丝马迹,黑夜,钻进耳朵的异样声响,全都瞒不过他,在鱼们完全未意识到危机时,将它们一锅端。利落、霸气、决绝,跟钓鱼那种黏糊劲比起来,实在畅快太多了。

海上捕捞的日常生活截面,成为他记忆里永恒的星辰,闪亮却遥远。从前,每年四月初到五月初,附近洋面盛行东南风,乌贼产卵期也恰在那时,低纬度的偏南气流将游动能力极差的乌贼,一股脑儿全带到了山边。于是,民间有了此谚:立夏连日东南风,乌贼匆匆入山中。乃是捕捞乌贼的最佳时机,称为乌贼汛。对渔民来说,乌贼汛是丰收季,当然也最忙、最苦。

早早吃过立夏蛋,一艘艘渔船都铆足了劲,大船小船,网船偎船,纷纷出洋,对网、拖网、流网、扳罾,各显神通。而一到夜里,清水滩横头,一大群一大群的乌贼簇拥在礁石边,随着海浪起起伏伏,灯光一照,哗啦啦围过来一大片,入了魔似的,赶都赶不走。乌贼这生性喜光的特性,启发渔民创造了"灯诱扳罾",就是在扳罾网上吊一只"美孚灯",引诱乌贼从附近从深渊从四面八方,聚集到灯光之下,却一下子被埋伏好的罾网兜住,想挣脱难如登天。这种扳罾干脆就叫"乌贼扳罾"了。

其时,海面上灯火点点,映红了清粼粼的海水,壮观如斯,后来却不得见了。

他往手心吐了口唾沫,轻喝一声,一个猛力下压竹棍,随着竹梢上提，拉起罾网，十足的大网头。网罾内，清一色雪白的乌贼，满满当当互相叠压，简直要把网给坠破了。夜色里，那种积雪般的白，闪得他眼睛生疼。这个画面像植入了他的脑子里，这么多年来，反反复复地出现，仿佛是谁在散发暗号，召唤潜伏于他体内的某种东西，并伺机会合。

用扳罾捕乌贼，产量高用力小，乌贼到处堆得跟小山似的，晒成鲞是首选。岛上的水产公司也到了最繁忙的时节，工人们握着磨得雪亮的鲞刀，没日没夜地剖乌贼。剖工多为渔妇，她们都是熟练工，把"三刀头"劈鲞法运用得炉火纯青，夜间凭手感就能剖得快而好。他的妻也是其中一员，为了节省时间多剖鲞，将一双儿女托付给婆婆，自己带了饭盒，每天一做就是十五个小时以上，甚至还几天几夜连轴转，常常累得腰酸背痛直不起身。剖工工钱实行多劳多得，工钱低微，妻那会儿把"积少成多"四个字挂在了嘴上。

晒乌贼鲞堪称岛上最盛大的场景，从水产公司一路晒到滩涂，目光所及之处，皆为乌贼鲞，这海洋里少有的具有惊人空中飞行能力的生物，就这样在阳光下，以躯体被彻底展开的形式静止在了晒场上。

他清楚地记得，就是从那时起，一向清苦的日子有了起色，渔船丰收，工分挣得多，分得的鱼货自然也多，一有闲，他还背着扳罾去海边，屡有收获。妻擅长剖鲞，晒制，而后，卖给来岛上收购鱼鲞的人。那几年，他家翻修了房子，添置了自行车和缝纫机。

但光诱法对乌贼资源造成了巨大破坏，以致乌贼在那一带海域几乎绝迹。乌贼们奋力奔向光亮时，不会想到它们奔向的是灭顶之灾，渔民们放灯诱扳罾时，也没有想到，因为他们的聪明，亲手打翻了自己的饭碗。乌贼扳罾就此退场。

他莫名想起一只死里逃生的乌贼。那一次，正当他为鱼获满载而欣喜时，突然，一只乌贼如弹簧般蹿起，同时喷出一大团墨，从他身旁疾速飞过，消失在海面。众人回过神，才发现他的手臂和脸都溅上了黑墨，旁边的渔民兄弟打趣，这只乌贼有情义，临走还要写几个字给你。

那只逃生的乌贼若再次看到灯火，会作何想？还会懵懵地游进乌贼扳罾里吗？他无从知晓。

梅雨季一过，日头重出江湖，跟往年一样，妻忙着晾晒被褥衣物，去潮气，防发霉，他也将久藏于小屋的扳罾网片拎了出来，倾斜着身体，一步步挪到院子，摊晒于石板，顺势一屁股坐在了边上，喘了几口气。妻说，哎哟，你小心点儿，又把家产亮出来啦？阳光下，网片被镀上了一层淡淡的暖色，像一个久病的人脸上有了一点儿神采。好几年前，网片是装进编织袋搁在小屋一角的，后发现，编织袋被老鼠啃出了一个洞，他便决定在墙上钉钉子，让网片远离老鼠的侵害。妻那会儿喷笑道，不如做了保险柜锁起来，家产要保护好。

他知道，妻并非真的取笑，当年，他用这个扳罾在海边扳鱼，渔网被礁石的尖锐处钩破，还是妻补好的。夏季涨潮时，渔港中央和码头边海水清透，如覆盖了巨大的玻璃，其下，各色小鱼一群群一队队，自得其乐，哪会想到自己已被盯上，海边人家正指望它们打牙祭改善伙食呢。他手握麻绳，动作尽量放轻放慢，将扳网没入水中。这时候，网内是否有鱼根本看不到，但对鱼的活动时间、可能活动的路径等，他都有个大致的掌握，就是说，什么时间起网全凭经验。起网需平稳轻缓，泰然自若，不能让鱼察觉到一点儿不对劲，待网出水面的一瞬间，突然发力，令网口迅速远离水面，杀鱼们一个措手不及，那时再想逃出生天，基本不可能了。

他是天生的扳网手，去扳鱼从不空手而归。往往一网拔上来，罾中之物鳞光闪闪，活蹦乱跳，身后的一双儿女开始尖叫，儿子兴奋地蹦起,抄网被他舞成了金箍棒,捞取渔获物时还不忘逗弄几下。女儿抱着竹篓子,急得吼破了嗓,快装进来啊,快啊。海鲶鱼、鲻鱼、鳗鱼、青蟹做着无谓的挣扎,嗖地一下填饱了竹篓肚子。女儿抱不动竹篓了,搁在地上,过了一会儿,觉得篓内过于安静,遂摇晃下竹篓,里面的"俘虏们"发出一阵窸窸窣窣声。

落潮了,姐弟俩暂时冷落"俘虏们",光着脚丫子在泥涂上追招潮蟹。潮水退去,对招潮蟹来说可能就是天亮了,它们约好了似的溜出洞口,散步、串门、撒欢,却让姐弟俩抓个正着,顺便给竹篓子添了"新俘虏"。

当最后几缕夕阳隐没于海面,他准备收工。他扛扳罾网,儿子背竹篓,女儿持抄网,回家途中,三个人同时走出了雄赳赳气昂昂的步伐。

一到家,将竹篓里的鱼获往大木桶一倒,都生龙活虎着呢。妻忙开了,目别汇分,宰杀剖洗,红烧,清蒸,腌制,晒鲞,家养的鸭子也有口福了,特别小的鱼虾就赏给它们吃。家里的土灶成了人间天堂,妻裹在白色雾气里,像电视里的田螺姑娘,鲜香味弥散得无法无天,儿子和女儿仰着脖子猛吞口水。

开灯,海味一一上桌。正是长身体时期,姐弟俩胃口特别好,三下五除二便吃个精光。昏黄白炽灯下的温馨与富足,宛如一本书里最珍贵美好的一页,值得被频频翻出来,看了又看。

他一直认为,儿女身体棒脑子聪明跟那几年常吃活海鲜有关,还有每天早上的白煮鸭蛋或糖水鸭蛋,以活的小鱼虾为饲料,鸭子下的蛋基本都是红心蛋、双黄蛋,营养价值可高了。岛上有句话,大意是,关键时期进补得好,受益一辈子。他多么中意儿子的身高,比他高出一个头哩。

三十年的光阴就是一支离弦之箭,倏忽间便消失不见,且永不回头。他突然发现,眼前这网片与自己有相似相通之处,都陈旧残破,都已经与大海彻底断联,并被遗忘。他遗憾当年没有相机拍下他奋力拉罾的身影,那个年富力强的他,站立如松,臂力超群,即便拍不清面目,那也会是一帧很好的照片啊。

他嘀咕,还是得把网片好好收起来,挂着。他又想起了那个问题,留着干吗呢?他还是说不上来,他就想留着,就像留个信物一样。

岛上影剧院

一

影剧院四面皆是台阶，好多台阶。这座庞大的建筑物被高高抬起，众人望向它，不得不微微仰视。在岛上影剧院正式开放之初，少女时的小姨就带我去过，小人儿惊诧于里面的空间之大，脑袋拨浪鼓似的来回转。很快，灯熄了，嘈杂声消失，像有谁把黑暗撕开，露出巨大的长方形"豆腐块"，光影扫过密密麻麻的人头，明明灭灭。我的新奇劲儿撑不到四分之一场电影，遂将脸蛋埋进小姨怀里呼呼大睡了。

我得以真正亲近影剧院，是上了小学之后。每年六一节，学校都会组织去影剧院看演出，看电影，那个广阔的空间被稚嫩的身影和声音充盈，闹哄哄，乐陶陶，空气一直在膨胀。顶上所有的灯都开着，光线四处散射，每一张脸都那么明媚。大家紧攥着粉色或浅蓝的电影票，找寻自己的座位，找到了却又不好好坐下，像一只只松鼠那样串来串去，地上的影子重叠又跳开，欢腾得任性。

老师吹响了口哨，尖厉的声音戳破了膨胀的气体，孩子们自然心领神会，纷纷各就各位，如一颗颗散落的棋子终于回归到棋盘的合适位置。我早就瞥到角落里提着筐的老师们，筐里是儿童节的福利，每人一份奶油面包加果汁露。叫奶油面包，其实见不到一滴奶油，应该算是一种最普通的软式面包,但在当时的我们看来,那简直是珍馐美味,那么松软,那么香甜,令人愉悦的气味分子迅速渗透、扩散,彼时的影剧院竟如此亲恰而温柔。直至今日,我见到与之相似的面包,就会想起儿童节,想起岛上的影剧院,想起那微小的妙不可言的幸福感。

舞台是高傲艳丽的贵夫人,只可欣赏,难以接近,其左右两边各有台阶,仅供演出者及相关人员通行。酱红色丝绒帷幕上镶了金黄色流苏,每一回的拉开与合拢,都是流苏的起舞。帷幕真是一种神奇的东西,它就那么一拉一合,便生生将影剧院分成了两个世界,台上流光溢彩备受瞩目,台下灯光幽昧面目混沌,却又是联系紧密的两个世界,台上报幕完毕,台下掌声响起,台上表演结束,台下掌声再响起,那种自觉的呼应总能让气氛热烈起来。

节目由每个学校选送,表演者几乎全是学生,即便那些演出并不专业,也并不盛大,甚至还有点儿拙劣,但我每次都充满期待。之所以期待,其一,在我的童年和少年里,能坐在影剧院看演出的机会实在不多,有得看当然不想错过。另一点显然更关键,那就是表演者里有我熟悉的人,确切地说,是我的同学,原本和我一样普通的人摇身一变,成了舞台上的明星,是的,明星。化了妆,穿了表演服,往台上那么一站,自信而耀眼,我会把目光牢牢地粘在她们身上,从那个节目开始到结束,舍不得开一点儿小差。

在当年的那些演出里,《手拿碟儿敲起来》犹如一颗璀璨的星辰,在我心里闪亮了许多年。表演者七八人,统一的粉色衣裤,黑色肚兜,个个手持盘子筷子,画得脸白唇红。我的同学巧燕和克男也在其中,巧燕是领唱者,站在中间位置,"手拿碟儿敲起来,小曲好唱口难开……",一开口,声音清亮,感情饱满,一张灵动的小脸顾盼生辉,再配以恰到好处的敲击盘子声,简直艳惊四座。我完全忘了哨手里的面包，身子与脖子最大限度地前倾，恨不得整个人贴到舞台上去。周边传来夸赞声，来自老师和大人们，我才顾不上他们呢，我正被一种轻微的眩晕感攫住，如梦似幻，仿佛所有的声音已汇成了江河，我在其中沉沉浮浮，晃来荡去……

　　一曲终了，我迟迟回不过神，直到巧燕和克男下台来，两个粉雕玉琢般的人儿如此的熠熠生辉，在我眼里。那一瞬间，突然觉得自己跟她们隔着跨越不了的距离，羡慕和沮丧同时袭来，令人发慌，令人无措。究竟为何沮丧？没法说清。也许是因为羞怯的灰扑扑的自己，也许是清楚地知道，自己没有勇气更没有机会上台"辉煌"一把。

　　的确，直到多年后影剧院成为危房拆除，我连舞台的边都没碰到过。倒是我那个胆大粗莽的弟弟曾像模像样地上了回台，那年的国庆汇演，他和另一个少年表演霹雳舞，戴着黑色半截皮手套，穿着当时流行的旅游鞋，又是太空步又是疯狂打转又是遭了电击似的扭摆抽搐，看得人心惊胆战，生怕他一轻狂就出了糗。他呢，偏偏无所畏惧，卖力炫技，我挺起脖子紧抿嘴唇，一动不敢动，舞台的灯光像是打在了我身上，闪得晃眼，又辐射得人微微冒汗。喝彩声突如其来，这一惊吓，害我原本跳得好好的心脏猛地栽了一跟头。直到表演顺利结束，我才舒了一口气，弟弟这个节目真是漫长啊。

　　似乎做过一个在影剧院献唱的梦，梦里的舞台异常安静，安静到能听见自己的呼吸声和心跳声，我怯怯地拿起话筒，却怎么也唱不出声，嗓子和身体都跟我拧巴着，令我动弹不得。而台下开始骚动起来，嘈杂声愈演愈烈，海浪般涌过来，涌上了舞台……醒来时，我的身体正绷成一张弓，再用点儿力，就要拗断了一样。恍惚间，想起刚刚的梦，不知道该庆幸还是该忧伤。

二

　　20世纪八九十年代的海岛，精神生活相对匮乏，影剧院一出现，自然就成了炙手可热的福地。鼎盛期，基本上每天都放电影，有夜晚场，也有白天场，影剧院外墙及台阶下的某些特定位置，一张张电影海报如花枝招展的姑娘，引得路人纷纷驻足，赚足了眼球。

　　《南北少林》《黄河大侠》《海市蜃楼》《黑楼孤魂》《妈妈再爱我一次》《青蛇》……那些电影像神奇的调味品，竟让一个个平淡的日子变得丰富而隽永。到影剧院看电影从赶时髦变成了一种常态：闲来无事，去看场电影；过节过生日，约上三五好友，一起看电影；渔民海员好不容易上岸休息，陪家人看个电影；客人来了，要不请看电影好了；羞于向心仪的人表白，那委婉点儿，先从约看电影开始吧；正式谈恋爱就更不用说了，不看上十来场都显得不够甜蜜不够有诚意……

　　影剧院的繁荣让很多人看到了商机，周边开起了各种店，形成了一个以它为中心的小商圈。有个别脑子活络的，在边上随便支了个小摊，生意居然不错。这下好了，引得一些原本沿街叫卖的摊贩，还有在轮船码头等地摆摊的，也都不甘落后，纷纷赶了过去。摊位犹如顽强的可移栽的花儿，一朵朵一簇簇地盛放于影剧院台阶下的空地上，一时之间，那里喧闹如菜市场，麦芽糖、炒瓜子炒花生、糕点面包、爆米花、水果等美食摊位是主力军，若是夏夜，当然还会有冰棍雪糕和木莲羹，此外，还有修鞋补鞋的，卖玩具和生活用品的……经过时，常常可见遍地的甘蔗皮、橘子皮、瓜子壳、糖纸，这个场景好像有点儿向人炫耀的意味：看，生意还行哦。

　　那会儿没有收摊位费这一说，今天你去摆，明天我也去摆，生意嘛，来一笔是一笔，赚到才是真实惠。在很多人眼里，影剧院大概就是一颗大蜜糖，凑上去，总能尝到甜头。

母亲也动了心思。家底薄，过日子从来精打细算，若有增加额外收入的机会，不抓住难免不甘心。父亲是海员，具备在外采购的便利，那些年，父亲从全国各地运过大白菜、螺蛳、海蜇、芋头、莴笋等到岛上，而后跟母亲一起去菜市场贩卖。那些东西要么是岛上稀缺的，要么价格低廉，总之，须得有赚头。去菜场卖货，凌晨四五点就得出发，冬日的海岛天黑如墨，寒风似冰冻过的刀片，刮到身上，寒气一下子沁进了骨头缝里，冷到发疼。好几次，借着屋里的灯光，我在门口目送父母亲或挑着担或推着木头手推车走出院门，他们脚步坚定，说话声不大却透着难掩的兴奋，一忽儿就消失在转角。

去影剧院那里卖什么好呢？不能任由自己选，得看父亲是否能采购到合适的。也亏得父亲活络，找到了金橘和柿饼，当时，岛上还没有柿饼这种食品，那么甜糯可口，我跟弟弟吃了还想吃，被母亲拦下，她把装柿饼的大塑料袋用布条紧紧扎起来，而后，拍拍塑料袋，把我们搂了过去，说等赚了钱，让父亲专门买来给我们吃。

木头手推车又派上了用场，一大袋柿饼，一竹筐金橘，还有一杆秤和一把小凳子，装于其上，母亲头戴新毛巾，握住手推车的两个手把，向影剧院进发。在那块空地的小摊圈，母亲属于后来者，她有点儿难为情地挤了过去，推着车，小心翼翼地挪动，生怕碰到别人，然后，在一个不大起眼的角落停下。那里的摊位都是不固定的，谁早到谁占，但好多次，母亲就算去得早，也依然老老实实地守在边边角角，她说，抢占好位置搞不好会成为众人眼中钉的，就是做点儿小生意，伤了和气就不值当了。

影剧院里，上演着各种爱恨情仇悲欢离合，影剧院的台阶下，是真实人间的一角，每一张脸多多少少透露了其生命的本相，平静，沧桑，热忱，悲苦，从容，隐忍，坚韧。在那些形形色色的小摊中，有个补鞋的男人尤其显眼，棕黄色的围裙裹住了半个肥胖的他，围裙下露出的一条腿向外翻，且比另一条细小，他补鞋用劲儿时，小木凳偶尔会发出"吱扭"声，真担心会因承受不了他的体重而散架。男人是那里出勤率最高的一个，修鞋技术不错，积攒了一定的口碑，他的脸总是绷得紧紧的，仿佛面部表情一放开，皮肤会破裂一样。

母亲的摊位跟她的为人一样，不事张扬，静静候于角落里。多数时候，她就倚着手推车，微笑着看眼前的热闹，那块边上印有碎花的毛巾戴在她头上，既遮了阳，又平添了几分俏丽。也许是母亲长得漂亮又和善，也许是货品着实吸引人，反正，每天不至于空跑，总能卖出去一些。

有一次，老天突然变了脸，一场大雨下得猝不及防，各摊主如受惊的小动物，纷纷逃开了去，每个人都自顾不暇，得跟密集的雨点比速度。母亲推着这么一辆车，哪里跑得动，只得把备着的雨衣盖在货品上。柿饼虽有塑料袋装着，就怕万一出现破洞，哪怕是小小的一个，水一渗进去就完了。母亲到家时，浑身湿透，走一步，水泥地上就出现一小摊水，她匆忙抹了把脸，揭掉雨衣，紧张地查看，挂了霜的柿饼一个个在塑料袋里躺着，像躲在全封闭式帐篷里，很干燥，很安全。母亲这才长长吁了口气，去洗澡换衣了。

那场雨让母亲感冒了一场，她护下来的那些柿饼后来都卖光了。母亲兑现了承诺，让父亲出海时特地给一双儿女买了柿饼，让我们姐弟俩吃了个够。而母亲，在影剧院存在于岛上的那么些年里，却从未想过要进去看一场电影，电影票得花钱买，她舍不得。尽管，有那么一段时间，她曾经离它那么近。

三

影剧院的衰败和某些新事物的兴起仿佛是一眨眼的事。

录像厅、OK厅、舞厅、闭路电视，相继盛起，好似海风从哪儿吹来了它们的种子后，迅速在岛上各处生根、发芽，茁壮成长，从此，海岛的夜晚颇有了点儿灯红酒绿的味道。

喜新厌旧也好，逐新趣异也罢，反正，影剧院终究是被冷落了。某天，我去轮船码头，经过影剧院时，竟有些不敢认，它是趁我不备急速老去的吗？变得灰败、颓靡，"长涂影剧院"五个字像被谁用力搓洗过，旧旧的，软软的，让人担心风一吹会"啪嗒"掉到地上去，原先那么气派的台阶看着低矮了不少，细长的裂痕弯弯扭扭爬了上去。曾经，那可是岛上最气势恢弘的建筑物啊，在我心中高高耸立，睥睨四向，这样的落差让人伤感。

影剧院也在寻找出路，开始承接一些专业或半专业的演出活动，演出团队均是外面来的，具备一定的水准。酒香也怕巷子深，好酒还得勤吆喝，在当时，贴海报是最主要最有效的宣传方式，不但影剧院周边，各单位大门、菜市场、商店、路边，村口等也都张贴了演出海报，图片和广告词做得相当抓人眼球，以吸引人前去一观。那些演出委实为影剧院短暂地拉回了点儿人气。

那年，在本岛上高中的弟弟放了暑假，闲来爱去街上转悠，某日，他对海报上关于小矮人的演出产生了浓厚兴趣，非怂恿我一起去看。想了想，我还从未看过正儿八经的演出呢，且真的有很久没进影剧院了，那就去瞧个新鲜吧，票价也不贵，十块一张。

白天，看演出的人还真不少，黑压压拥进去一大片，小矮人这种特殊群体引起的关注度总会高一些。待坐定，我随意抬头，心里蓦地一惊，影剧院墙上和顶上竟出现多处裂缝，有两处尤其醒目，裂缝长而宽，像丑陋的扭曲的疤痕，张牙舞爪的，又像被武侠片里削铁如泥的剑狠狠劈过，总感觉那半个墙要倒下来。我有些恐慌，死盯着那条裂缝，越看越觉得其幽深，且正在慢慢扩大，真怕有什么东西会突然从那里面跳出来，我的背上一阵发凉。而头顶的灯，坏的坏，破的破，亮着的那些，发出的光也不透亮，蒙上了很多灰似的。要不是有那么多人在，我肯定会逃走的。

老人说过，房子长期无人居住就没有人气撑着，容易坍塌。影剧院也如此吧？那一刻，我就有预感，这座1200平方米左右，可容纳700多观众的影剧院恐怕撑不久了。

演出开始了，台上的热闹暂时消减了我的恐惧。不知道演出团队是怎么找齐那些个罹患侏儒症的人的，六七个小矮人呼啦啦一字排开，个个西装革履油头粉面，一出场就来了个火辣辣的劲舞，他们短小的四肢踩着音乐节奏卖力地伸、蹬、跳、挥，自信又滑稽，台下顿时如开水烧沸了般，热烈，喧嚣，尖利的口哨声刺得我耳膜发疼。小矮人们表演经验丰富，很会调动场上的气氛，出场舞过后，他们或两人一组，或三个成团，唱、跳、相声、小品、弹奏、小杂技、换装，无缝衔接，如陀螺般不停歇地转。惊叹于那些小小身体里竟蕴藏着如此大的能量，我莫名想到了河边常见的一种草，茎细而韧，擅蔓延，看起来那么微弱，一不留神，却占领了一大片土地。

其中一个节目，又是他们合体表演的舞蹈，看得好好的，忽地，前面的人约好了似的全站了起来，随之，哄笑声四起，整个影剧院回荡着"嗡嗡嗡轰轰轰"的声响。我懵了一会儿才搞清，是小矮人们整齐划一地倒下去了，打转打滚，各显神通，原本体积就小的他们一打滚，人们怕看不着，索性站了起来。他们表演得尽心尽力，鲤鱼打挺，简直能听到肉身与舞台相击的"砰"，听着人一阵发疼，而丑化自己以逗乐观众大概已是必备法宝，无论是扮作乌龟爬来爬去，还是翻各种搞怪型的跟头，观众很开心，他们看似也很开心，昂着泛满油光的脸，堆着笑接受那些善意或恶意的笑声和掌声。他们身上的白衬衫几乎被汗水浸透，好像舞台是游泳池，他们刚游了一圈儿上来，舞台的灯光恶作剧般散射着，我看着台上的人，身高一样，装扮一样，面目似乎也一样，让人怀疑是不是批量生产出来的，他们如若不是聚集起来以这样的形式出现，又会在哪里，过着怎样的生活呢？

下场时，他们也不走寻常路，本能地拿出了逗乐的各类小绝招，台下果不其然响起一片起哄声，声浪汇聚一起盘旋而上，撞在墙上和顶上，碎得七零八落。我再次看到了那些裂缝，弯斜着，沉默着，幽昧又忧伤。

没想到，那竟是我最后一次进入岛上影剧院。此后，陆续传来它越来越不景气的消息，最终，电影票甚至卖到了一块钱一张。影剧院拆除时，好些人去现场看了，都挺兴奋的，说马上会建一个鲜亮的大超市。我没去，我在心里默默送别，就像送别一位伤痕累累的老朋友。

漂浮的陆地

船是父亲漂浮的陆地,十多条大大小小的船舶载起了他37年的海员生涯。

生于位于浙东沿海岱山岛东部的海岛,当海员无疑是父亲的宿命。19岁那年,父亲简单收拾了行李,带上船民证和水上户口,成为一艘木帆船上的"小伙计"(炊事员)。

那是艘只有17吨的小木帆船,床和厨房都设在甲板下的船舱,不远航,一般就装石块到上海的崇明岛,卸货后装回一些大米、稻谷。空船驶回是种浪费。因"帆"字与"翻"同音,岛上人家忌讳,通常称木帆船为迎风船或风船。风船由桅、帆、舵、桨、橹、碇等组成,古人有"一橹三桨"的说法,说橹能连续划水,效率是桨的三倍,但在风船里,橹的主要作用却是调整方向,前行要靠风力。风船唯一的助航设备就是一个小罗盘,在苍茫大海中航行,它更多依仗的是船长(船老大)的航海经验。

父亲负责船上七八个人的伙食,新海员先下厨房历练是那个年代的铁规则。风船凭风驶行,靠岸时间难以估计,顺风时自然驶得快,万一逆风,只能根据潮水流向走S形。停不了岸买不了新鲜食材,海员们就用腌菜、蟹糊、咸鱼等下饭。父亲意识到自己岗位的特殊性和重要性,船一靠岸便直奔菜场。天冷,可以多采购些囤起来,天热就没法子了(当时的条件无法保鲜)。有食材时,厨艺不精的他总会使出浑身解数做出三菜一汤。沐雨经霜的船员们对饮食要求不高，最多就提一下这个菜太淡或太咸，父亲应一声表示知晓了，下一餐肯定改。只是小风船的厨房实在袖珍，不算高大的父亲一个人都施展不开，转一下身还怕碰掉什么东西，做顿饭常常得将自个儿缩起来。

万万没想到的是，能在海里潇洒游弋的父亲上了船却那么"孬"，一有风，就会晕船，严重时甚至吐出了黄色的胆汁。这个导致父亲一度怀疑自己能不能当海员，颠簸的船似乎并不接纳他这个新人，老船员们安慰说这是每个海员的必经之路，天生不晕船的没几个，都是晕着晕着晕出来的。

大概一年以后，父亲才基本适应了海上生活，那会儿，对他而言，船上与陆地的区别已经不大了。他去了一艘大一些的风船，约四十多吨，但厨房依然小而闷，煮饭做菜时几近缺氧，床铺也依然如格子，一格格排列着，跟商铺里的格子柜似的，人一躺进去根本伸展不开，看上去，倒像一个个被硬塞进了翻倒的箱子里，别扭又憋屈。

吨位大了又如何，风船还是风船，风太大，不能出海；风小，又走不动。好不容易出航，总是被风玩转于手掌，人根本使不上力，船员们只能在船上干等，干等时间的流逝和航速的改变。比起海上讨生活的艰辛，这更令人难熬。

父亲说，风船不适合他这样的急性子，日子被拉得那么长，像大海望不到边际。三年后，当他走出厨房，成为一名真正的水手，风船已式微，机动船（木船）开始盛行。父亲历经了四艘机动船，其中一艘达130吨，属于大型机动船。机动船的床铺变成了大一点儿的格子，能躺得很舒展了，且有门，睡觉时可以拉上木门，等于有了属于自己的私密空间。床铺还挖了窗，圆圆的，像脑袋那么大，打开就可见大海，海风裹挟着海腥味嗖地闯进来，闷闷的空气流动起来，变得清凉、清新。夜晚，可坐着或躺着远眺渔火，渔火倒映于海面，海浪推动着灯火，明明灭灭。那大概是海员生活唯一的浪漫。

在父亲心里，船就是另一个家，船员相当于家庭成员，海上漂泊的日子那么漫长，大家同吃同住同干活，不想腻一块都不行，因为根本没有出去串门的机会。海员在船上的时间比在陆上的时间多多了。

机动船运货比较多元化，煤、石子、砖、水泥、大米、棉花、大麦……对船员们来讲，像煤、石头这样能直接装进货舱的大重量货物反而省事，而大米、棉花等相对轻的一般堆放在甲板上，若遇突然下雨，哪怕是深夜，大伙都得从床上一跃而起，奔到甲板上抢盖篷布。

为争取时间，连夜装货卸货也是常有的事。父亲和他的"家人们"奋战于摇摆不定的甲板，大雨和大浪偏要雪上加霜，朝猛虎般剽悍的人劈头盖脸而来。天好像是突然亮的，亮光从海面升起，大伙眯缝着眼睛互相打量，苦笑着摇头。然后，拖着疲惫的身体，勾肩搭背地进"屋"，简单洗漱，吃点儿东西慰劳下自己。没等船员们稍作调整，脚下的"陆地"可闲不住了，开始再次漂泊，从这个海域到那个海域。马不停蹄。

20世纪80年代后期，岛上的木船逐步被铁船代替。铁船也叫节能船，吨位可达五六百，马力却小，所以节能。随着船舶吨位的增大，船员数量自然也增多了，二三十人的大家庭越来越常见。卫星导航、雷达导航、定位仪、电报等先进的设备纷纷入驻，船上的工作环境和生活条件均改善巨大。

节能船有了像模像样的集体浴室，一艘船配两三个，大伙欢呼，冬天终于可以放肆地洗澡了。光卧室就建了三层，船长、大副等高级船员住三楼，三楼享有一人一间的特权，其他人则两人一间。父亲是水手长，与他差不多级别的就住二楼，普通海员住一楼。整艘船看上去可气派了，按父亲说的，一大家子从小平房搬到了高楼大厦，每个人都精神气十足，至于风船，更别提了，那简直是茅草屋。

船舶的更新换代势必推动制度的规范化，且对海员的综合素质提出了更高要求，从原来只需一本船民证到必须考上岗证、专业培训合格证书（四小证）等一系列证书，有职务的还要有相关职务的适任证书。船上每月还会进行救生、消防、急救等操练。这一切都大大降低了出海的风险率。

水手长的工作相对琐碎：开工前备妥工具、用料；布置妥任务并落实安全措施；装卸、系缆等设备的养护维修；舷外、高空等复杂危险作业的现场督促和指导等等。父亲的尽职尽责是有口皆碑的，像桅杆维护这样的高危作业，他从来都亲自上，一怕其他船员做得敷衍，达不到要求；又怕人家经验少，这万一出事故重则丢命轻则瘫痪，还是自己做最放心。桅杆足足十几米高，父亲不带喘气地爬到了顶，打油漆、修补等一鼓作气完成。他工作时专心致志毫不露怯，是海员圈出了名的胆大心细。

别人问他，爬那么高，船又不是陆地，就算靠岸了也难免晃动，不怕吗？父亲嘿嘿一笑，我在船上生活比在陆地生活时间还长，对我来讲，船比陆地还陆地，还能怕它晃？

可把船视作陆地视作家的父亲却差点儿以为自己要改行了，他所在的国有海运公司在那两年出现了明显颓势，甚至到了拖欠工资的地步，很多海员纷纷与公司解约。那会儿，父亲刚过四十，正值壮年，若继续待着，很可能拿不到工资；离开，不知道该如何，除了当海员，他想不出自己能做什么，他早已习惯过着漂浮于海上的日子，实在舍不得与船分离。那段时间，父亲愁得吃不好饭睡不好觉，一有机会就去海运公司探听消息，还时不时与几个要好的海员聚一起，反复权衡、商讨，他的眉头拧成了疙瘩，胡子一根根破"皮"而出，一夜之间能长长不少，一天抽掉了三四包烟。

而正在那个时候，岛上兴起了一阵合股买船风，说白了就是有能力拉到运输业务的人充当了融资者。这让父亲看到了希望，本着为自己为家庭拼一把的信念，他离开海运公司后，咬咬牙发动家里的亲戚，共拿出10万元作为买船的股份，并受雇于这只船。做这个决定，父亲几乎没有犹豫，他怕这样的机会一旦错过，就再也没有了。

对于那艘2600吨大货船的总价来说，这些钱只是九牛一毛，不知道够不够买到船的一个角落，但对于父亲的意义重大——就像一条鱼，它游着游着，对愈来愈狭窄的河道深觉力不从心，没想到一个转弯，即是大海了。

是的，他总算没有失去自己漂浮的陆地。

那艘船，当年引起过不小的轰动，它是岛上的第一艘大货船，也是全市第一艘。最让人另眼相看的是，船上配上了单边带，单边带可以呼叫船号，陆上的人可以与茫茫大海中的人进行实时对话，这绝对是一大可喜的进步。

船大，空间自然就大，饭厅堪比豪华饭店，且终于实现了一人一个房间，房间里有独立的卫生间，面缸、马桶等一应俱全，简直有入住别墅的感觉。父亲特别兴奋，把属于他那间的角角落落都擦洗了一遍，从此，那是他在海上的窝了，独属于他自己的窝。他添置了些东西，暖壶啊垫子啊挂饰啊，布置得尽量舒适，还把家人的照片一一压在了写字台玻璃下。父亲每次从甲板回到房间，整个人就放松下来，跟到了家里差不多。

2600吨大货船是父亲人生中第一艘有自己股份的船，也是唯一一艘。在大货船上，父亲的职位依然是水手长，生性勤勉的他别说甲板上的分内活儿，连清扫货舱等又脏又累的活儿都要亲力亲为。在他心里，那是自己的船，当然得格外上心。

那两年，海洋运输业看起来前景不错，运输线越拉越长，完成一个航次的时间也越来越长，有时候生意忙，几个航次连在一起，父亲往往好几个月才能回一次家。

漂浮的陆地毕竟不是真正的陆地，有句民谚提到了船：三寸板内是娘房，三寸板外见阎王，这实在是海员、渔民出洋工作的真实写照。即便后来，船舶质量过硬，设备先进，但海洋的诡谲多变狼顾鸱张总是那么出人意料，危险说来就来。

海上讨生活那么多年，父亲历经了无数次大大小小的事故，而1995年冬季的那次，可以说是险中之最。

2600吨的大货船在黄海洋面遇大风突袭，十多米的浪头借着风势噼里啪啦打下来，慢慢地，大浪由间断往下砸变成排山倒海般成排扫过来，情况非常危急，船只随时面临被攻没的危险。父亲镇定地把身份证、船员证放进衣兜，这是海员们遇险时做的最坏打算，万一遇难，遗体若在泱泱大海被发现，这些证件有助于确认身份。父亲做了个深呼吸后猛地冲了出去，他要去放救生艇！风急浪高，父亲几乎睁不开眼睛，摇晃的身影渺小如蚂蚁，救生艇还没绑住就被冲得没影了！眨眼间，巨浪又以吞噬一切的态势咆哮着扑进甲板，父亲被裹挟浪间，耳边轰鸣不绝。

眼看要被卷入汪洋，船员们惊呼连连，父亲在生死一刻拼尽全力扳住了栏杆。大家悬到嗓子眼的心暂时落了下来。可是，没了救生艇，就只有两种选择了：不转方向，船舶随时面临被攻没的危险；而调转的话，一个不小心船体就会倾覆……当时的情况，没有时间让你考虑，也不允许有过多考虑，船长当机立断：调转方向！这是没有选择的选择。

幸而，老天保佑加船长技术过硬，大伙逃过了那次大劫。在那短短的十几分钟内，父亲经历了两次死里逃生。很久之后，船员们讲起此事时仍惊魂未定，父亲脸上却平静无波：要是逃不过，那就跟睡在海里的兄弟们做伴去了。

20世纪末，海运公司正式宣布倒闭。父亲甚为失落，那里犹如灯火摇曳、帆樯林立的港湾，曾坚定地迎送了他、他的船、他的兄弟们无数次。而受大气候影响，海运生意萧条，合股买的2600吨大货船也不得不折价卖掉。时年50岁的父亲再次陷入了困境。

谁也没想到，父亲自费去考出了油操油安证，他执意要去油轮上工作。油轮的某些操作、规定跟货船很不一样，油轮最怕火星，一有火星就会引起爆炸，所以油轮辟有专门的吸烟室，船员的衣服裤子鞋子统一发放，衣裤都是防静电的，鞋子为防油鞋。父亲先后在三艘油轮上工作过，职务依然是水手长。其中一艘6000多吨的一级油轮专门运送汽油、航空煤油和石脑油，化工油气味难闻，吸入对人体有害，尤其石脑油，含硫化氢、苯等，气味能把人直接熏晕。身为水手长，父亲每次去开泵都必须套上防毒衣，戴上防毒面罩，但下来后还是会头晕、恶心，吃不下饭，得好一阵子才缓过来，家人三番几次劝他退休，日子又不是过不下去，他倔得很，总说哪有那么娇气，干上几年没有关系。

父亲勤恳尽责，他很珍惜留在船上的机会。他常说起少年时，站在岸边，看海军鱼雷艇巡逻，快速劈开海面，雪浪翻滚。当年的父亲想，如果自己有一条船就好了，亲自驾驶它跟上去，追赶翻滚的浪花，海浪定会淘气地将他和他的船推过来推过去，摇摇晃晃，如置身摇篮。

可再大再好的船也抵不过风浪和时间的侵蚀，搁浅在港湾滩头的那艘船，船板龟裂，帆破桅斜，它曾经的辉煌还有几人记得？风里来浪里去数十年,父亲终究带着一身的伤痛和无数惊险的过往告别了海洋,告别了他的船,潮汐、风向、劈波冲浪、九死一生等等,都跟少年时的梦一样,封存于记忆的某个角落了。

海岛网事

三四十个织网姑娘一排排坐开，一人一顶网，深绿色的渔网一半拖于地上，一半在她们的手里起伏，一眼望去，犹如绿色的海洋。海风张开巨大的双臂，一次又一次拥围埋头织网的人儿，尺板与梭子叩击的"笃笃"声，还有姑娘们的说笑声，被海风裹挟、旋绕，说不定早已漂洋过海，传到渔船和货船上去了。

这是当年岛上织网厂的情景。所谓织网厂，便是那种提供网线和简陋的场地，召集众人一起织网的地方。厂子位于后背山的传灯庵附近，那里正是海港的北口，礁石兀立，滩涂平展，去织网的多半是未出阁的姑娘家。

后来，织网厂被个人承包，分设了好几个点，人们可以去各分点称来网线（整顶网织完后，网厂会将成品和剩下的线一并称重，若斤两少了，是要扣工钱的），将其背在肩上驮回家织。网厂会配给一张纸和几只尺板，纸上写明了这顶网的规格及织法。这跟去织网厂相比，大概就是正式工与打零工的分别。在家里织网，时间上自由太多了，岛上的姑娘、少妇、婶子、大娘都会在家里备个网，随拿随织，看电视、听广播、闲聊、饭前、睡前等都可以进行，甚至去串门去看露天电影腋下都要夹个网，我还见过有人跟邻居吵着架，手里都不忘飞梭走线的呢。

海岛以渔业和海上运输业为主，女孩子在岛内基本上是找不到工作的，织网、嫁人，是留守小岛的女孩们必经的历程。待字闺中的姑娘在院子里织网，常有后生三天两头去帮忙缠梭子，这么高的"出勤率"让所有人都心知肚明，后生是对姑娘有意思了，邻居们就要开始起哄，看，某某家的毛脚女婿又来啦之类。姑娘长得漂亮的，献殷勤的自然不会少，后生们的普遍竞争方式就是多来缠梭子，趁缠着梭子可以跟姑娘说会儿话，探探姑娘的心意。

姑娘们织的不是渔网，是情网呀。

娟在她们那个年代颇有名气，挺直的鼻梁，乌溜溜的大眼睛，皮肤白里透红，被女伴怂恿着去烫了个长波浪，人们都说她完全就是挂历上明星的模样。娟的织网技术是有口皆碑的，织得又快又好，网厂常把那种要求严格，织法复杂的网派给她，当然，加工费也高。这种网往往都是大网，一顶网汇集了多种编织法，包括平织法、经编法、穿心结等，且网眼的数量、网眼的大小在中途需根据渔网的特定要求作一些变化，织的时候疏忽不得，一般人不愿意也没能力接。有的人起头起不好，也会去请教娟。起头在整个渔网的编织中是举足轻重的，起头时必须潜心贯注，起头的网眼数量若不正确，那整个网就废了。起好之后还要反复数几遍，确定无差才能接着织第二层。梭子起落间，漏眼、残眼、错眼就像捣蛋的孩子，难免惹祸，所幸，出错并不是不可补救，岛上有好些经验丰富的织网者会"劈网"，娟就是其中一个，她用剪刀将织错的网由下往上剪开，而后从错处始，一一修补下来。一顶网就重生了。

争着去给娟缠梭子的年轻小伙众多，他们中有海员、有渔民，船一靠岸，就往娟那里跑，人们都说娟可要挑花眼喽。当事人反倒气定神闲，长凳子上起了头，网慢慢变长，而后随意绑一下，堆在地上，形状就像个髻。"髻"越来越大，敦敦实实的，有的小伙缠梭子时干脆一屁股坐于其上，一扭头，就能近距离瞄几眼心仪的人儿。

娟的网织了一顶又一顶，梭子也被后生们的手掌磨得愈发光滑，但好像没见她对谁表现出特别的好感。有两个自认为条件不错的有些急了，托了媒人上门，惨遭拒绝。而过不久，娟却与一个名叫海的订婚了，海也是积极去缠梭子的后生中的一个。从此，娟的院子里，缠梭子的就只有他一人了，那是一种多么幸福的落单啊。

人们不解，论家境、长相等，海都没什么优势，娟怎么就看上他了？后听说，海爱吹口琴，缠梭子缠得手酸了，就吹一曲《织网歌》或《渔家姑娘在海边》给娟听，娟听着听着，便入了心。情网如渔网，一旦被网住，怎么可能那么容易挣脱呢？

织网也是小女孩们挣零用钱的好途径。我们当然织不动整顶网，只是给大人打打工，然后会收到少量"打工钱"。从小学始，每年暑假，我都会正儿八经地织一段时间的网。初学时，我的精神高度紧张，深怕出错——左手小心翼翼紧捏住尺板，右手颤颤巍巍地拿着梭子，然后将梭子上的线打在尺板内侧……左手同时按住梭线和尺板，右手提梭下拉。总算完成一个死结后，还要褪掉尺板扒开网眼仔细瞧一下，确认没有织错才继续，直到重复着同一动作织完所有匝数。一旦学会，过了几天，速度就上去了，母亲从不要求我一天必须织多少，觉得累了或想去玩了那就把网撂一边。

但小芬不能如我这样，她母亲在电镀厂上班，每天上班前嘱她织网、缠梭子，若下班回来发现小女儿偷了懒，打骂在所难免。小伙伴们都不喜欢小芬的母亲，说她那颗银牙一闪一闪，闪得人心里哆嗦。我会趁只有小芬一人在家时去帮她织网、缠梭子，小芬就煎番薯片犒赏我，就是将生番薯切成薄薄的一片一片，入油锅煎一下，捞起后搁点儿糖，又脆又香。小芬是织网的好手，看着电视织网也能织得快且几乎不会出错，我很羡慕，说我要有这么厉害就好了，她的反应淡淡的，说这有什么，多织了都会这样的。她给我看左手心的茧子,右手心的勒痕,神情平静,几粒雀斑散落于她鼻子两旁,默然、笃定。

夏日晚饭后最热闹,左邻右舍的婶婶阿姨姐姐们连凳子带网一搬,都往我家院子里凑,绿色的渔网这儿一片那里一堆,网线的塑料气味弥散开来,常惹得孩子们在上面跳来蹦去,网的主人心疼了,忙不迭嚷嚷,去去去、别把我的网弄乱了!小芬也会在这个时间出来,端着她的小马扎。翻花绳是我俩的保留节目,一上来就得翻好几个来回,其他小伙伴看得手痒,剪一段网线打个结,也翻上了。但女孩儿最终都会坐在一起织网,一顶网可以同时允许几个人一起织,我们坐成一排,有时候织这家,有时候织那家,边织边讨论些感兴趣的话题,小嘴和小手都没歇着。就算偶尔暂停下来咬咬耳朵,分享下小秘密,也始终把尺板和梭子牢牢握在手里,以便随时可以继续。

当然会说起各自领到的"工钱",像我,每顶网织完后,母亲会很优待地给我五块十块,而一顶网的总工钱一般也就三四十块的样子(加工费以万为单位,每织一万个网眼大概三到四毛),提"工钱"主要是为了聊能买什么做铺垫,想想有一笔钱能自己支配,大伙立马兴奋了,仿佛被统一调高了音量,按岛上的话就是,田鸡篓倒翻了一样,吵死了。正说得高兴,阿雪突然哭了起来,三步并作两步跑过去,将她妈妈盛梭子的篮子掀翻在地,听她抽抽搭搭地"控诉"完,大人们都乐了,她是嫌自己的"工钱"太少,买不了镶丝边的长筒袜,觉得委屈了。小芬第一个上去安慰,说自己的更少,只够买三支冰棍呢。最终,阿雪得到了承诺,下一顶网,加一倍的"工钱",方才破涕为笑。不知谁打趣道,童工可不是那么好欺负的哟!夏夜的风收罗了一大片欢笑声。

我买了精美笔记本和漂亮头花,用织网得来的一部分工钱,弟弟便跑去跟母亲讨要一把好的弹弓，母亲说姐姐都是自己赚来的，你也可以啊。弟弟只好给我们缠梭子挣弹弓钱。那段时间，母亲正织大网眼的渔网，尺板足有我手掌那么宽，这样的网超级费线，梭子没穿几下就空了，可苦了缠梭子的人，弟弟有一次去上了个厕所，回来一看傻眼了，篮子里全是空梭子，顿时急哭了，吵着要罢工。

大网眼的渔网加工费高，母亲原本想多赚一点儿，实践后，发现织这种网并不划算：一，尺板大而笨重，织网速度上不去；二，梭子空得太快，没有专门缠梭子的人，得自己腾出时间缠。那顶网织完交付后，母亲便织回了正常网眼的网。

母亲织网可不似我这般悠闲，家底薄，她把织网当成工作，每天织多少，对自己有硬性要求。家里织过一顶特别大的网，织完有一百多块的工钱，母亲总说要织得多要织得快，多劳才能多得，除了做饭吃饭，她其余时间都坐在小竹椅上织网，每晚我都能在睡梦中听到尺板与梭子的叩击声，"笃笃笃"，"笃笃笃"。为了省电，母亲在窗下借着月光织，她说晚上安静，干得出活。一觉醒来，母亲佝着腰埋头苦织的剪影像一帧画，永久地挂在了黑夜里。一百多块钱足以让她拼了命。

母亲最终累得胆囊炎发作，她疼得脸上全是汗在床上打滚儿时，还说再忍一忍，进医院太费钱了。后来实在挨不过，住了几天院。回家后唉声叹气，反复说自己太不争气了，好不容易织了一顶大网，快织完了，工钱却全进医院了，最后竟心疼到掉了泪。我似乎在那几天突然懂事了，闷声不吭地织网，从早织到晚，可即便这样，一天最多也只能织五千眼。小孩子皮嫩，那个提梭下拉网线的动作会在手掌下部分勒一下，每织一个网眼都会勒一下，如此下来，那个部位发红发疼，仿佛被割裂了一样。我突然想起了小芬右手掌的那条勒痕，那是被线割伤后，伤口愈合留下的印记啊。其后，又开始腰酸,屁股麻,手臂酸痛,以前觉得颇好玩的织网成了一件苦差事,母亲揉着我的手臂说,赚钱哪有容易的哟。

那天,小芬娴熟地捆扎起织完的网,又将剩余的线收拾起来,动作麻利得简直帅气,网很重,两人合力才拖到了屋子一角。而后,她煎了番薯片,两个小少女嘻嘻哈哈吃着,我突然冒出一句,咱俩以后在院子里织网,也会有很多后生来缠梭子吗?说完,自顾自笑得咯咯咯,小芬却皱起了小脸,长大了还要织网,一辈子都织网,那得多没意思啊!她的几粒雀斑怏怏地挤到了一块。

我不由得瞥了一眼屋角,那堆网灰扑扑的,像一个穿着陈旧的人蜷缩成了一团。

海风吹过苦楝树

月姨家的苦楝花又开了。楝树的花序像手掌，一手掌一手掌的花枝尽力伸展着。风从小岛四面的海上吹来，透着凛凛霸气。我从院子外望着那些颤巍巍抖动的花枝，总觉得它们像很多双伸向上苍的手，沉默却悲伤。

海岛的风跟别处不同，终年裹挟着咸涩的鲜腥的海水味。海风穿过海岸线，越过堤坝，在岛上横冲直撞。七八月的台风和冬日的西北风如猛兽，呼啸着冲进小岛，又锋利如刀，岛上的很多树木或被剃了头或被拦腰斩断，有的甚而被连根拔起。苦楝树能存活至今，委实不易。楝树也曾受过重创，有一年的台风刮飞了月姨家屋顶的很多瓦片，刮断了其中一个屋脊头，楝树也被刮倒伏地。台风过后，月姨细致地给楝树打了木桩，出乎意料地，它又生龙活虎了。后来，苦楝的树干居然有合抱粗细，伸展开来的枝干遮蔽了老屋的一部分。

苦楝树是月姨的男人在他们儿子出生那年栽下的。月姨的男人跟岛上的大多数男人一样，在大海里讨生活。岛是一块被造物主随手扔进大海里的土地，居于其上的人们自然也逃不过被放逐的命运，不得不从海水中打捞起安身立命的资本，再用不断加高延长的堤坝将自己保护起来。人们在岛上建立家园，繁衍生息，既享受大海的馈赠，又要时刻准备抵御大海的暴虐。世世代代如此。

楝树好养，不过三四年，已出落得茁壮挺拔，有参天之势。昆虫麻雀们寻着了休闲场地，在树上聚会聊天。小院因这棵苦楝而有了些许生趣。月姨的一双儿女像两只充饱了气的皮球，不安分地从院子的这一端弹到那一端，又从那一端弹回来，邻居的小孩们相继加入，院子里尘土飞扬。唯有楝树能让他们安静下来。小孩子喜欢听栖息于枝头的麻雀叽叽喳喳，喜欢看金龟子结队在树上啃来啃去。被金龟子咬破皮的树干会分泌树胶，树胶可比泥巴好多了，干净、柔软、有黏性，可以捏成各种各样的形状，他们一玩就能玩上半天。月姨自制了类似捕蝶网的工具，绝大多数的金龟子都逍遥网外，轰然飞走了，但总有倒霉的那一两只成了儿子和女儿的小宠物。

月姨是织渔网的高手，即便在不见光的黑夜里盲织，都能织得快而好。附近的妇女们若在织网时出了错，渔网出现漏眼、残眼、错眼等，便央月姨补救。月姨用剪刀把织错的网由下往上剪开，一层一层地修正，这个在岛上有个专业的叫法——"劈网"。月姨喜欢在楝树下织网，半导体收音机放在地上，风吹过，细细碎碎的楝树叶发出沙沙沙沙声，间或有尺板与梭子的叩击声，清脆利落。收音机的主要功能是播天气预报，月姨不舍得多听别的，怕费电池。

每当有大风或台风紧急警报，播音员的声音尤其缓慢、凝重，月姨的织网速度也慢下来，心里像灌进了什么，沉沉的，听着听着，一阵胡思乱想，完全没心思织网了。有时，她干脆关了收音机，省得听得人发慌，却又使不上力，一点点都使不上。岛上及附近海域，年年都有数次大风来，对于渔民和海员的家人而言，每来一次，他们就提心吊胆好几天，生怕收到什么来自海上的不好消息。某一回，发布了大风警报后，月姨还到岛上的寺庙焚香磕头，祈求仍漂泊于大海的船只和男人平安。

可月姨怎么也想不到，她的男人会在没有大风台风，没有触礁碰撞的情况下，殁于海上。那不过是一次普通的捕捞作业，月姨的男人被渔网拖下了海,转瞬就没了踪影。一切来得毫无预兆。

收到噩耗时,月姨像被骤然抽掉了全身的骨头,瘫在地上,昏了过去。醒来后的月姨就知道抱着苦楝树哭,边哭边骂,骂男人心肠这么狠,一声不吭就抛下他们娘仨走了。反反复复不吃不喝地哭骂。人们怕她坏了身体,硬要将她拖进屋里休息,她像一条翻进了热锅的鱼,拼尽全身的力气挣扎。众人拗不过她,只好放开了她。月姨虚弱地靠着树,一动不动,声息全无,仿佛失去了与这个世界的所有感应。突然,她凄厉地叫了一声,而后,缓缓坐到了地上。她叫的是她男人的名字。

一个多月过去,月姨男人的遗体仍未找到,事实上,在海上遇难的渔民或海员,遗体能被发现的占少数,经海浪的翻滚冲击、海洋生物的噬咬拖拽,他们中的多数人真正与大海融为一体了。按岛上的风俗,空棺木不能下葬,需用稻草做成人形代替遗体,方能安葬。月姨抱着稻草人的时候,已经哭不出声了,只剩喉咙底发出的咔咔声,这声音就像一把钝刀,一下又一下,扯得人胸口一阵阵疼。而月姨刚满四周岁的儿子正在苦楝下跑来跑去,嚷嚷着要抓一只麻雀玩。

海风照常吹过,小岛的一切看起来并没有什么改变。

月姨像一只受过致命伤的凫,却在最短的时间里草草地治好了自己。她顾不了身体深处永远愈合不了的伤痛,竭力绽开全身的羽毛,把两只小凫护在翼下,鼓足了劲儿地生活。她马不停蹄地跟着人家去捡泥螺,采挖藤壶,到了修船期便到船上去敲锈铁。藤壶和泥螺卖价高,尤其是藤壶。岛上的人把采挖藤壶叫作"打触","打触"属于高风险行业,礁石越险峻,附着的藤壶越多越肥美,每年都有人在采挖时一不小心掉下海而殒命。众人屡劝月姨放弃"打触",她总说自己会多加注意的,尽量不去危险地带。月姨的鲜货很多时候都是村里的邻居们预定的,她说这样不是长久之计,打算去菜市场租个摊位,有个摊贩知晓了她的境况后,免费让出了一半的位置给月姨,让她有什么就卖什么。为表感激,月姨总要拿一些自己种的蔬果塞给摊主。

修船都在暑天,头顶是炎炎烈日,脚下是滚烫的铁板,虽然敲锈铁工钱比较多,却是男人都嫌苦嫌累的活儿。夏日的傍晚,经常能见到月姨拖着疲惫的身子走进院子,大大的蒲帽遮住了一张瘦而黑的脸,那套卡其布工作服已脏得辨不出原来的颜色。月姨到家的第一件事就是在院子里洗头洗脸,大量出汗及头发里嵌进的铁屑等脏东西,致整个脑袋奇痒难忍。清凉的水一遍一遍浇下去,短簇簇的黑发又有了精神。她原来的长辫子不知道是什么时候剪掉的。

旁人劝月姨再找一个,一个女人要养大两个孩子太辛苦了。也有人来说媒,离婚的,丧偶的,还有未婚的老后生,月姨都坚定地摇了头。有人问这是何苦呢,起先,月姨一直不吭声,问得多了,她淡淡回了句,要找人也等孩子再大一些。

苦楝树愈发枝繁叶茂,紫中带白的楝花一大团一大团地开放,又慢慢地四下弯曲分散,结出沉甸甸的楝果。楝花开了谢,谢了开,四季更迭如常。月姨脸上的皱纹悄悄地增多了,孩子们的个头张扬地往上蹿。女儿懂事,洗衣、做饭、种菜、施肥……做起来得心应手。这些事,月姨从不让儿子碰,她对儿子的唯一要求是,好好读书,考个好大学,走出这个海岛。男孩心大,又比姐姐小了三岁,乐得偷懒。

月姨的女儿初中毕业就在家了,尽管学习成绩很不错,比弟弟好,但月姨说了,家里的条件只能供一个人上高中、上大学。女儿含着泪没说一句话。人们怨月姨重男轻女,月姨从不解释或反驳。

儿子一上初中,月姨就进入了一级警备状态。初中是关键,如果考不上高中,或者只考个很烂的高中,上大学无望,那就逃不出做渔民或海员的命运。月姨总说，这一代的孩子幸运，岛上的师资越来越好了，考上县里、市里重点高中的孩子也越来越多了。那些出色的孩子大学毕业后，都在城市里体面地工作着生活着，再也不用回到这座小岛上来了。她的儿子也将是其中之一，必须是其中之一。

月姨热衷于买各种有益于增强记忆提高智力类的补品，还自己养起了鸡，营养充足才能保证儿子有健康的身体和充沛的学习精力。在学习上，儿子也不算懈怠，只是，不知道为什么，成绩有些不尽如人意。越焦虑，月姨就越控制不好自己的情绪，她斥责儿子不够努力，诉说自己的不容易，儿子的逆反心理一上来，干脆不写作业了。月姨一上火就要拿起屋角的扫帚追打儿子，有几次，儿子没处逃，只得嗖嗖嗖爬上苦楝树，坐在两根树杈之间不下来了。月姨气急败坏又无计可施，她在树下骂，儿子则把树杈当作"王座"，高高在上地看着树底下气得发抖的母亲，不回应也不妥协。最后那一次，月姨仰着头哭喊，你不好好学习，以后就一辈子都在海上漂，你忘了你爸爸死得有多惨吗？死了连根头发也没见着啊！而后，"咚"一声撞在了楝树上。

从此，儿子再也没有爬过树。

上了初三后，除了学校的补习班，月姨还另外给儿子请了家教。为了多些收入，早在两年前，月姨就受雇于岛上一家小型的水产公司。做水产特别辛苦，很多时候，拿货、搬货都在半夜，海岛冬夜的寒气沁身入骨，手在冰冻的海鲜里搬来拨去，仿佛成了没有知觉的机器，冻烂了用纱布一裹，该做什么就继续做什么。为了那还算丰厚的报酬，月姨用裹了纱布的手搬起一箱一箱的海鲜来，依然比一般人麻利。儿子女儿竭力劝她换工作，怕她把身体累垮了，月姨一向固执，她说至少等儿子中考过后再换。

儿子愈发奋勉，成绩比原先起色了不少，不过，若要实现月姨的目标——市重点,还得狠拼一把。据说只要进了这个高中,等于是一只脚迈进了重点大学的门槛。月姨反复跟儿子强调,就把中考当作生死存亡的时刻,不要有丝毫的松懈。

从中考前几天起,月姨就请了假,专心致志关注儿子的饮食起居,关键时候容不得出一点儿差池。考英语的那个下午,月姨看着小睡了会儿的儿子骑上自行车,骑出院门,目送他骑向宽阔的大马路,她怎么也想不到,这是儿子留给她的最后的鲜活影像。

世事如这海岛的天,转眼间,乌云覆盖苍穹,昏黑得像世界末日,一场暴雨下得天要塌下来。人们怕月姨挨不过去,寸步不离地守着她。

我见到月姨的时候,她的眼睛凹陷了进去,像两口枯井,已经流不出眼泪了。我知道,她的心被捅了一个很大很大的血窟窿,正无可抑制地流出血来……

海风永不停歇地吹过小岛,吹过日益老去的村庄,吹过旧院残垣,吹过日复一日的庸常。海堤越筑越高,船舶越造越大,岛上的人却越来越少了,年青一代如潮水般涌出海岛,回来的寥寥无几。曾经的悲欢离合也终被岁月的潮波带走……

离开了小岛多年,月姨家的苦楝花依然开得无畏,花团一簇又一簇,空气中弥漫着浓浓的楝花香。原以为,香总是跟甜连在一起,但楝花却是苦的,香而苦,结出的楝果更苦。不禁往院子里张望了下,一个漂亮的小姑娘正扶着月姨从屋子里出来。月姨老了很多,小姑娘应该是她的外孙女吧?

忽然,一阵风吹过,楝花簌簌而下。

思古之情

海的气味

一

想起记忆里一些往事、一些场景的时候,居然满脑子都是气味,海的气味。摊晒的渔网,成串的鱼鲞,码头的风,糟鱼的缸瓮,父亲的衣物,炉子上的食物……无一不充盈着海的气味。

幼年时,经常听大人们讲小黄鱼汛、大黄鱼汛、乌贼汛、带鱼汛,似乎每个季节都有吃不完的海鲜。海鲜吃不完,最常见的就是制成鲞,黄鱼鲞,鳗鱼鲞,乌贼鲞,马鲛鱼鲞……鱼鲞美味,且能保存得久,质量好的一般都卖掉贴补家用,舍不得自己吃。

院子是剖鱼鲞的主战场,父亲和母亲各占一边,父亲在搭建的石板旁,母亲在台阶下,身旁都放了用箬篮或大盆装着的鱼,一条叠一条,挤挤挨挨。持刀剖切,洗净沥水,他们忙得连喝口水的时间都没有。空气里弥漫着浓重的鲜腥气味。

喜欢看铺晒鱼鲞,盛大,有烟火气。剖好的鱼晾在大大小小的团箕、竹簟、箬篮上,团箕、竹簟、箬篮又相继占领院子的地面、围墙、冬青树、河沿,那是童年记忆里最浓墨重彩的画面。晒鲞也有技巧,如:乌贼鲞要拉直头颈,分开肉腕,未晒成型时宜小心翻动;鳗鱼鲞必须要用手从头到尾抹一遍,这样晒出来的鳗鲞样子才不会变。所以,母亲不准小孩子参与晾晒,还叮嘱我和弟弟不要随意去捏，去碰，怕把鱼鲞们破了相，卖不了好价钱。可我忍不住，偶尔会偷偷地拽一下鱼尾巴，或者拉一下乌贼须，心里特别满足，就像个富翁暗暗地里数着自己的钱财一样。

阳光铺洒在偌大的院子里，金光忽闪一下，又忽闪一下，把鱼的水分都忽闪走了，空气中的鲜腥味逐渐变淡，并糅进了阳光的味道，如从幽昧的深海过渡到了开阔的浅水海域。那是两种不同的海的气味。

鱼鲞的鲜香特别容易招来猫猫狗狗，一不小心就会沦为它们的美餐。母亲把网拖到院子里，这样可以边织网边守护着鱼鲞，猫狗一旦靠近，母亲就跺脚大喝，它们跑得麻溜极了。

问母亲，这些鱼都是用织的网捕上来的吗？得到肯定回答后，觉得渔网真是个神奇的东西，我决定要学织网了。母亲的梭子穿得飞快，看得人眼花，我傻傻地捏着尺板和梭子，不知该如何下手，心里暗自思忖，要是学不会就丢死人了。母亲好像瞧出了我的心思，说很容易的，并开始手把手教我。知晓了织法，手却有点儿不听使唤，动作生硬，一紧张，手心全是汗。我一个网眼一个网眼地织，打成结后，怕织错了，把尺板退出来，扒开网，细细看，细细数，确认无误才放心。

可能海岛的孩子对织网有天赋吧，用不了几天，我就驾轻就熟了。在阳光下，在鱼鲞的拥围中，梭飞线走，想着属于孩童的小心事，漫无边际地想着。尺板与梭子的叩击声又让人心里静静的，有一种笃定的幸福缓缓滋长着。

有一次，经过摊晒于码头的渔网，不由自主地停下。渔网上粘附了鱼鳞、虾皮等海洋生物的碎屑，像是为它们曾经下过深海提供佐证。阳光下，渔网原本青翠的绿变得暗淡陈旧，网线的塑料味也完全消失了，一股浓烈的气味像卷着舌头涌过来的潮水淹没了我。

锐不可当的来自深海的气味。

我怔怔地看了一会儿,想,这些渔网会有我熟悉的人织的吗?我的那些阿姨、婶婶、姑妈,还有隔壁的姑娘婶子们,会有她们织的吗?这些渔网不知道过滤了多少次海水,捕上过多少条鱼呢?家里剖晒的鱼会是这里的其中一张网捕捞上来的吗?

童年的好奇跟那时的日子一样,仿佛无穷无尽。有一阵子,我对那些走街串巷收购鱼鲞的人也充满了好奇——他们从哪来?为什么说的话跟我们有点儿不一样?收购那么多鱼鲞去干吗?

终于,家里来了两个收购鱼鲞的女人,一个长发一个短发,年纪都不大,看着亲切,没有那种生意人的精明相。母亲把收藏在大缸里的鱼鲞都搬出来,一一摊开在桌子上、铺了塑料布的地上,鲜咸的味道立刻在屋子里弥散。收购鱼鲞的女人用手掌丈量鱼鲞后,附身凑近闻,再拿出随手带的卷尺仔细地量,两人边做边低声说着话。跟母亲谈妥了价格,她们便将鱼鲞扎成一捆一捆,装进编织袋,扎紧了口子。

收购鱼鲞的女人错过了末班船,母亲应允留宿她们一晚。晚饭时,昏黄的灯下,五个人围在一张桌子上。父亲出海时,夜晚从未有那么多人过,我和弟弟有些兴奋,一直盯着她俩看。她俩笑意盈盈地夹菜给我们,夸我妈做的醉鱼特别地道。不知道是不是醉鱼吃多了的关系,收鱼鲞的两个女人脸上都隐约泛着酡红。

正值初冬,屋外一片阒然,风再怎么努力从窗缝门缝里挤进来,也搅不散一屋子醉鱼、鱼鲞和饭菜混合的香气。

母亲后来反复提起,那是我们家最后一次卖鱼鲞,自那以后,海里的鱼突然少了,鱼鲞成了稀罕物,自家都难得吃到一次了。

二

那个竹篓子,平时就搁在外婆家的院子里,肚子圆鼓鼓,像个酒坛子,还有个盖儿。经常,我用它装石子儿,沉甸甸的,拎过来抱过去,和小伙伴们玩过家家。竹篓子有股淡淡的海腥味,装在里面的石子儿也沾染了海腥味,我们每拿出来一块就说,嗯,这是螃蟹,这是虾,这是淡菜……石子上加点儿草,就说是大蒜烤肉或者大蒜烤鱼鲞,随后一一装盘,盘子是捡来的破瓦片、破碗。那时的我多么开心骄傲,好像自己真的撑起了一个家。

外婆干完了田里的活儿,喂饱了猪,稍有空闲,便背上竹篓子去海边捡螺,还要带上一把铁铲子。铁铲子用来采挖藤壶。每一次,外婆都有收获,竹篓的肚子被填得饱饱的。揭开盖子,哗啦哗啦,倒在脸盆里,货色很多,马蹄螺、辣螺、芝麻螺、带着外壳的藤壶,偶尔还有小螃蟹,它们被迫相处一室,不知道会不会不开心?觉得自己有责任帮它们分类,于是,一种螺装一个盘子,盘子摆了一地。外婆也不管我,做她的事,只叮嘱我别摔破盘子。

最终,外婆还是会把螺混合起来煮,但下一回,我照样给螺分类,像一种仪式,不执行总觉得缺了点儿什么。螺类的气味比鱼类素淡、内敛,带了一点点泥腥味,后来的我时常想,是那种气味让我变得安静,还是孤单所致?那么枯燥的事,一个小女孩居然会反复地去做。

外婆生火了,灶膛里的噼啪声像柴枝在唱歌,清水煮杂螺,锅里发出咕嘟咕嘟声。很快,灶间弥漫起诱人的鲜香,我翕动着鼻子,在灶边打转。揭锅,香味更浓,外婆被白色的雾气罩住,如同被蒙描纸盖住的人像画。盛螺的盘子旁必有一个小碗,那是装螺肉的。外婆拿出崭新的针,一个接一个地挑出螺肉,放进小碗。墙上的广播正讲故事,我听得半懂不懂,用调羹舀起螺肉,嘎吱嘎吱,嚼得满口生香。

当年烹煮煎烤食物的灶具除了土灶,还有炉子。

暮色四合,奶奶把小炭炉搬至门口,用干草、干树叶生起炉子,待明火逐渐减小,便拎炉子回屋。她右肩略往下倾斜,随着摇晃的步履,发髻边的那朵玉兰花也跟着一颤一颤,我总担心它会掉下来。

炉子架上金属网子。爷爷已在屋子洗净带鱼、马鲛鱼、虾子等,带鱼和马鲛鱼切成段,在酱油里浸泡下。我和弟弟帮不上忙,进出出地瞧热闹。不一会儿,鱼虾们在网子上"嗞嗞"冒烟,海味特有的鲜香裹挟着烟熏火燎的气息充满了整个屋子,我们瞬间安静,像被粘在了小碳炉上,挪不动步子。

为防止焦掉,要频繁地翻面,奶奶将这个任务交给了我。我翻了这块翻那只,翻着翻着就翻进了自己嘴里,烫得闭眼歪嘴。为防止一旁的弟弟"告发",也夹起一小块堵住他的嘴。两人偷着乐,好似占了大便宜。

爷爷说,船上的海风与日头特别猛,晒成的乌贼鲞喷喷香。父亲便在船上剖晒乌贼,上岸后带回来,不多,一两串的样子。

炉子上的砂锅里炖着乌贼鲞煲冬瓜汤。父亲坐在炉子旁,和爷爷奶奶说着话,有一搭没一搭。我想着自己的小烦恼,花裙子怎么还没做好?生我气的小芬明天还会找我玩吗?

香味逐渐漫溢,在空气里打着旋。这种气味很特别,有海鲜的醇厚,又有蔬菜的清新。

小圆桌就在炉子旁,奶奶已摆上了几样小菜,父亲给奶奶和自己倒上一盅黄酒,不沾酒的爷爷陪坐一旁,不时瞅瞅我跟弟弟,呵呵地笑。我托着腮默数他额头上的皱纹,小溪似的皱纹……

汤好喝,滋味浓郁,多喝不腻。乌贼的鲜沁进了冬瓜里,冬瓜消融在了汤里,乌贼鲞块轻轻一咬,融化在了嘴里。喝完一碗,还想喝，奶奶放下酒杯，立马又盛过来一碗，鲞块调皮地浮上来，示意我赶紧吃掉它。

屋子里热腾腾的，吃着看着，大家的笑脸在烟火气里一会儿朦胧，一会儿清晰，我全身暖洋洋懒洋洋，不知何时在奶奶怀里睡着了……

三

清晨，未来得及睁眼，便嗅到了父亲的气味。起床一瞧，父亲并不在。可我知道他回来过了，找母亲确认，母亲说，真是狗鼻子。

那时，父亲在冰鲜船，偶尔，船经家门口，便匆匆上岸一趟，拿回家几件换下的衣物，偶尔干鲜鱼，大多是半夜。急急返回，赶着去上海卸货呢。来无踪去无影的样子。

早晨的阳光薄薄地笼上了院子，我坐在小竹椅上，打着哈欠发着呆。母亲端出一盆衣物，准备清洗。那是父亲昨晚回来过的证据。衣物里有父亲的体味，父亲的体味里有海的气味。家里两个一模一样的枕头，我凑近一闻，就知道哪个是父亲的。因为有海水味。我得意地拍了拍枕头，跟母亲讲。

大概四五岁时吧，有段时间跟父亲睡，搂着他的手臂或脖子。那会儿母亲身体不好，带弟弟一个都很吃力，父亲没办法了，特意在陆上休息了一个多月。起先，不愿意跟父亲睡，认为是母亲有了弟弟不要我了，一顿闹腾。闹累了也只好就范了。没两天，便习惯了，觉得跟父亲睡也挺好的。可是，刚习惯不久，父亲又出海了。到了晚上，我哭得昏天暗地，按母亲后来形容的，快把长涂港的海水给哭干了。

正伤心欲绝的当口，我瞥见了藤椅上的那件毛衣，是父亲哄我睡觉时经常穿的。我抱着毛衣哭，哭着哭着，居然睡过去了，睡得还挺香。那是件元宝针的黑色圆领毛衣，母亲亲手织的。后来，每晚必抱着毛衣睡，毛衣发出的某种气味让我觉得安宁，跟父亲身上的气味一致。

六岁时，坐父亲的船去上海动手术。父亲母亲准备了上好的虾干、鱼鲞送医生和上海的亲戚，他们一脸沉重，那几乎是一次决定我命运的出行。那个小小的我当然不懂，到了船上兴奋极了，东摸摸西瞧瞧，像去旅行一般。浪大，有些晕船，躲进了父亲的床里。床很奇怪，有木门可以移上，还有个窗，圆形的，跟我脑袋差不多大，打开就可见大海。

天色暗下来，海水也变暗了，像有墨汁不小心撒了一海，偶有机动船"突突突"驶过，远眺有渔火点点。我看得入神，那是个很不一样的世界，属于父亲的世界。

海浪有节奏地轻拍船体，像大海在呼吸，海风从窗口吹进来，带着咸涩的凉意。我突然觉察到了那种熟悉的气味，是父亲身上气味的一部分，也是毛衣和枕头气味的一部分。仿佛出了远门却与一位老朋友偶遇，我竟有点儿惊喜。

许多年后，我离开海岛，生活在了别处。偶尔回去，一下轮船，海风裹挟着熟悉的气味涌进四肢百骸，不知怎的，总会想起六岁时那次与它的偶遇。偶遇是惊喜，久别重逢却有惆怅。

海上的父亲

父亲每每回家，携一身淡淡的海腥味。这个深谙海洋之深广与动荡的人，从来不会在家逗留得久，船才是他漂浮的陆地。以至于在从前的许多年里，在我童年、少年甚至更长的时光里，父亲对于我来讲，更像个客人，来自海上的客人。

那艘木帆船，是父亲海员生涯的起始站。木帆船凭风驶行，靠岸时间难以估算，我无法想象稍有风就晕船的父亲是怎么度过最初的海上岁月的。比起身体遭受的痛苦，精神上的绝望更易令人崩溃——四顾之下，大海茫茫，帆船在浪里翻腾，食物在胃里翻腾，跪在甲板上连黄色的胆汁都吐尽了，停泊却遥遥无期……吐到几乎瘫软也不能不顾着船员们的一日三餐。木帆船的厨房设在船舱底下，封闭、闷热、幽暗，父亲一点一点地挪过去，船颠簸，脚无力，手颤抖，连点煤油灯都成了一件艰难的事。借着煤油灯黄晕的光，他强忍身体的极度不适淘米、洗菜、生火，实在受不住就蹲下来，靠在灶旁缓一缓，或喝下一碗凉水等待新一轮的呕吐。吐完再喝，喝了又吐，如此循环。喝水是为防止身体脱水而昏厥。

边吐边喝边干活儿是父亲那个时候每天的日常。

父亲跟我聊起这些，一脸的云淡风轻，说这是每个海员的必经之路，晕着晕着就晕出头了，一般熬过一年就不晕了，最多两年。我见过一张老照片，算算时间，正是父亲出海的头一年，虽很清瘦，却那么年轻，眼里有光，不是我以为的委顿模样。我问父亲：晕船那么难受，船上又那么无聊，靠岸后有没有想过不再去了？他听了很诧异：这是工作，怎么能说不去就不去。我知道，其实他完全可以选择其他工作的，岸上的工作，只是工资没有当海员高。父亲当年是揣着希望下船的，家底太薄，爷爷奶奶本打算让他做上门女婿去，但父亲不愿意，他后来真的靠一己之力盖了房子结了婚。当然会有负债，我的父母亲咬紧牙关艰苦度日，没过多久就还清了。

也因为有这样一位海上的父亲，我跟弟弟从小的物质条件算是相对优越的。小岛闭塞，交通不便，父亲从上海、南京、汕头、海南、天津、青岛，大连等地带来的饼干、糖果、玩具、好看的布料，都是那么稀奇，在我家开始以方便面为早餐时，周边人家都还不知道方便面为何物。上小学时我就拥有了电子琴，而后父亲又给买了录音机，这在当时的孩子里头是少见的。

荔枝最不易保存，而我偏最喜爱，那会儿船上没有冰箱，父亲每去海南了就多买一些，装进篮子，挂在通风的地方。到家需驶行一周甚至更长时间，他每天仔细地查看、翻动荔枝，捡"流泪"了的吃掉，还新鲜的留着，几斤荔枝到家后往往只剩十来颗。看一双儿女吃得咂嘴舔唇，父亲不住叹气，要是多一些就好了。曾有一次，父亲因为船泊西沙群岛没礼物可带，怕我们失望，上岸后特意拐到岛上的小店买了零嘴儿。这是父亲跟母亲悄悄说话时被我听到的。

而父亲对自己实在吝啬，白色汗衫背心破了好几个洞依然穿着，一件毛衣穿了几十年还舍不得扔。

少时的我时常巴巴地等着父亲完成一个航次回来，倒不是有多想念他，大多半是因为他会带来好吃好玩的，以及那些东西相伴而生的副产品，比如，那种快乐的如过年般的感觉，比如，小伙伴们贴过来的热热的眼神。

父亲走出木帆船的厨房，是三年之后了。其时，木帆船已式微，父亲调到了机帆船，锚泊系岸、海面瞭望、开仓关仓、手动掌舵、柴油机维护等等，他早做得得心应手。曾有人用两种动物来形容海员——老虎和狗，父亲说实在太形象，海员干活儿时就跟猛虎一样剽悍，咬咬牙一气呵成，累成狗是经常的事。船上经常会为争取时间连夜装货卸货，寒冷的冬夜，父亲和其他船员奋战在摇摆不定的甲板上，分不清劈头盖脸而来的是大雨还是大浪。一夜下来，他们原本古铜色的脸被海水、雨水泡白了，皱皱的，像糊上去了一层纸。脱掉雨衣后，一拳头打在各自身上，衣服上就会滴下水。

成为水手长后，父亲的工作更琐碎也更危险。如桅杆维护这一项，原本水手长的职责只是现场督促和指导，但父亲从来都是亲自做的，他生怕别人要么不细致做不到位，要么缺乏经验容易出事故。十几米高的桅杆，父亲"嗖嗖嗖"一下爬到了顶，驾轻就熟地打油漆、修补。那可是在无有效保护措施下的高空作业，一个万一，后果不堪设想。母亲简直有些愠怒，埋怨父亲憨傻，人家都不愿意做的他倒是抢着做，让她平白地添了担心。父亲一脸无辜，觉得母亲小题大做了。对于工作，尽管辛苦，尽管危险，他从不抱怨，最多就说说船上夏夜难熬，因为他特怕热，而铺位闷热如蒸笼，根本无法入睡。父亲后来想了一个办法：穿好雨衣睡到甲板上去。甲板上海风徐徐，但蚊子猖獗，穿雨衣是为了防止被蚊子咬惨。再下点儿雨那更好，淋雨睡觉很凉快的。他为自己能想出这个点子颇为得意，好些船员都效仿了呢。

父亲的警觉和反应之快常常让我惊讶，他说都是当海员练出来的。深夜，船体的异常晃动，值班海员的脚步，他人睡梦中的轻微咳嗽，浩渺之处传来的鸥鸟叫，都能使他突然惊醒，且几乎一睁眼就判断出了大概时辰。一经醒转，全身进入一级戒备，观望，静听，再到逐渐放松，这已然成为父亲的习惯。大海诡谲莫测喜怒无常，海浪可以有节奏地轻拍船舷，像在温柔呼吸，也可以汹汹而来掀翻船只，如张着血盆大口的魔鬼。

那是父亲海员生涯的第一次生死历险。夜里11点多，父亲刚要起来调班，突然听到一声天震地骇的"砰"，同时，整个船像被点着了的鞭炮似的蹦了起来。父亲的脑袋嗡嗡作响，五脏六腑都像要跳脱他的躯体。触礁了！他在第一时间冲了出去。船体破裂，过不了多久，海水将汹涌而入，等着将他们卷入巨腹。全体船员命悬一线。

船长紧急下令，把船上会浮的东西全部绑一起，必须争分夺秒！父亲跟着大伙疾速绑紧竹片木板之类，制成了临时"竹筏"，紧张忙乱到来不及恐惧。

待安全转移到"竹筏"，等待救援的父亲才感到后怕，环顾四周，大海浩渺，漆黑得像涂了重墨，望不到一星半点的灯火。彼时正值正月，寒夜冰冷刺骨，带着腥咸味的海风凌厉地抽打着他们的躯体，父亲的额头却冒汗不止。时间一点点过去，他的绝望越来越深。老船员们给他持续打气，一定要牢牢抓住"竹筏"，掉进海里就算不淹死也会被活活冻死，只要有一丝生的希望就绝不能放弃。幸运的是，天亮时，有一个捕捞队刚好经过这个海域，救起了他们。

多年后，父亲早已被各种大大小小的惊险事故磨炼得处惊不乱，而对于留守岛上的人，担惊受怕从未停止，苍茫大海里不明所向的船只一再成为我们惊惶失措的牵挂。每到台风天，母亲都会面色凝重地坐在收音机前听天气预报，播音员的声音缓慢、庄重，每一句均重复两遍，"台风紧急警报，台风紧急警报……"我跟弟弟敛声屏气，每一个字都似渔网上的铁坠子，拖着我们的心往下沉往下沉。那个通讯不发达的年代，无措的母亲跟着别人去村委，去海运公司，那里的单边带成了大家最大的精神支撑。随着单边带的嘶嘶声,话筒不断地捏紧放开,代表船号的数字一个个呼出去,来自泱泱大海的信息一个个反馈回来,我们便在一次次的确认中获得慰藉和力量。

我曾经梦到过父亲在海上遭遇不测,梦里大恸,醒来后依然哭得不可抑制,继而埋怨父亲为什么要选择这么危险的职业,害家里人过得如此提心吊胆,还任性地叫父亲不要再当海员了。父亲愣了好一会儿才回答:我都这把年纪了,不当海员不知道该做什么……母亲叹了口气,拦过话头说父亲啊前世可能是一条鱼,离开了海那是要生病的。

母亲是最理解父亲的,她知道父亲此生跟海和船是密不可分了。纵使在修船期,父亲也要每天往船上跑一趟,不然就浑身不自在,总怕有什么工作遗漏了。其实船员们干完了分内事后,完全是可以清闲一段时间的(一部分修理事宜需请专业人员完成),但父亲偏不,他每次从船上回来,要么浑身湿答答,要么石灰、桐油或海泥沾了一身,肤色也往往在那个期间黑到了顶峰,黑得泛油光。母亲边洗父亲换下的脏衣服边嘀咕:这水手长当得可比那些敲锈铁的修船工辛苦多了,又没加你一分钱的工资。父亲不吭声,点起一支烟在边上眯眯笑。如果船上实在没活儿,他便借了蟹笼等工具在海边捕捞各种小海鲜,就算收获无几,他也开心。

我亲见过父亲在陆上生活的无以聊赖和郁郁寡欢。父亲所在的那艘两千六百吨大货船货舱高达四五米,进出都必须爬梯子。几次爬进爬出后,不知道是不是体力不支,父亲竟一个趔趄滑倒于货舱底部,导致手臂骨折,被送上岸休养。待在家的父亲看起来羸弱而颓丧,埋头从房间走到院子,又从院子回到房间,一天无数次。母亲有些抓狂,说被父亲转晕了,跟晕船似的。看电视时,他对着电视发呆,跟他说话,他答非所问。三番五次打电话给同事问船到哪儿了,卸货是否顺利,什么时候返航,他像条不小心被冲上岸的鱼,局促、焦躁、神不守舍,等待再次回到海里的过程是那么煎熬。

就休息了一个航次,还未痊愈的父亲便急吼吼赶往了船上,母亲望着他的背影咬牙道:这下做人踏实了。

我时常想起那个画面:水手长父亲右手提起撇缆头来回摆动,顺势带动缆头做45度旋转,旋转两到三圈后,利用转腰、挺胸、抡臂等连贯动作,将撇缆头瞬时撇出,不偏不倚正中岸上的桩墩。船平稳靠岸。

父亲身后,大海浩瀚无际,淡然无声。

秘径

若不细看，很难发现那是一条小径，伏于围墙根下，小河里的革命草张牙舞爪地爬上来，蔓延、覆盖，无意间为其打了掩护。严格地说，它不能称之为路，不过隔段距离垫块石头，上面铺层薄薄的泥土罢了，窄得只够放下一只脚。

走小径的人只有一个，我的堂姐。

无数次，堂姐从她家的后门出来，蹑手蹑脚踏入小径，张开双臂，蝙蝠似的贴着墙，一步，一步，轻捷如猫，围墙到头了，左转，悄无声息地出现在我家院子里。她活络如河里的泥鳅，一有风吹草动，要么嗖地滑进小径，要么，飞一般蹿上台阶，奔进我家的门。她过来的时间不定，有时清晨，有时下午，有时晚上，总之，得趁她母亲不在或不注意的时候。她仿佛沉迷于一趟又一趟偷偷穿过小径，来跟我们会合。会合后其实也没什么事情好做，她不多话，不疯玩，多数就在屋里坐一会儿，偶尔，我跟弟弟搭积木比赛或下军棋，她就在一旁观战，当然还得兼当裁判。

我家院子大，是男孩们弹玻璃弹珠、撞拐、打陀螺，女孩们捉迷藏、跳皮筋、过家家的好天地。母亲是个很随和的人，即便一众小孩儿踩烂了菜地一角，打破了腌鱼的坛子，闹腾得烟尘滚滚天翻地覆，她也从不责骂，只说下回小心，还不时提供自己炒的瓜子和花生。大概，堂姐对满院子的欢声笑语甚为好奇，她登上她们家的二楼阳台，趴在水泥围栏上，目光似自由飞翔的鸟儿，轻松越过敦实的石头围墙，落在我们身上。我抬头就能望见她，小脑袋孤零零架于深灰色水泥护栏墙，背后的天空辽阔得那么不真实，衬得她就像被随意抛出去的一个气球，木愣愣悬浮在那里。

堂姐曾试过爬围墙，无奈墙太高，只能作罢。在墙边打转时，意外踩上连接河与围墙根的窄小过渡带，见并未下陷，壮起胆子再踩，脚底依然被稳稳托住。就这样，堂姐为自己找到了一条路，一条可以完全忽略围墙的拦挡，直接抵达目的地的路。

我家的围墙，西面垒得低矮，母亲在院角撒下南瓜籽，夏天，粗韧的南瓜藤一路攀爬而上，与莹莹家的在墙上狭路相逢，母亲跟莹莹妈总是各抱一个南瓜，隔着墙聊天。弟弟去邻家，偷懒，不想走院门，便直接翻墙而过。东边和南边的围墙，则高而坚固，用黄土黏合石块间的缝隙，更在紧要处浇上了水泥，两面墙紧密相接，如竖立起两道屏障，护卫着这一院一屋。围墙外，东边小河，南面堂姐家，就是说，出她家的后门，面对的不是墙就是河，两家相邻，却搞得这般壁垒森严，两兄弟老死不相往来的态度可见一斑。那会儿，谁能想到，十多岁的堂姐会"开辟"出那样一条路来？

父亲老说，自那个女人过门，他的哥哥就跟变了个人似的，因财产分割等问题，简直视两个弟弟为仇敌，手足之情像盐粒丢进了大海，消失得找不到踪迹。那个女人，自然指堂姐的母亲。父亲不是一个会隐忍的人，他脾气急躁，不善于沟通，如此一来，双方之间的关系就好比已出现窟窿的冰面，没有人试着小心避过，都只顾砸下去，砸下去，越砸越大，直至全面塌陷。最令父母亲难以释怀的是，有一回，大伯出海回来，听了老婆一面之词后，带领其小舅子等一干人冲进我家，对毫无防备的父亲大打出手，并在愤怒中甩出狠话，要将我弟弟绑上石头沉入河里。父亲彻底寒心，建围墙决意断绝兄弟之情。之后，他们家迅速翻盖起了楼房，高出我家围墙一大截，轩轩甚得地俯瞰而下，母亲猜测，定是那个女人的主意，无论哪方面，都想压人一头。

"绑上石头沉入河里"，这句话经母亲反复提及，像一条可怖的黑蛇牢牢追着我，恍若随时就会缠绕住幼小的我。有时候，姐弟俩待在院子里，听到墙外传来大伯的劈柴声、咳嗽声，我瞬间汗毛竖起，感觉那条"蛇"即刻就要扑过来，颤着声音让弟弟赶紧躲进屋去。这种恐惧即便在大伯去世后，仍然留存了蛮长一段时间。大伯走得很突然，出海途中，好好地吃着早饭，猝然倒下，人们说那叫暴病。父亲震惊而悲伤，和母亲去帮忙料理后事，留我们姐弟俩在家。围墙外的那栋楼似乎一下子矮了下去，哀号声、嘈杂声从楼顶从窗缝从墙隙奋力钻出来，周遭的一切都变得阴郁起来。在众多声音里，我轻易就辨别出了那阵哭声，喊着"爸爸，爸爸"，那是堂姐，大伯唯一的孩子，霎时，我小小的心像被什么紧紧抓着，那种难过，难以名状。那时的我还不懂，失去疼爱她的父亲，对11岁的堂姐意味着什么。

两家的关系并未随大伯的逝去有所缓和，堂姐的母亲甚至认为，大伯是被我们家诅咒死的，对于这种莫须有的罪名，父亲摇头无言。多年结下的怨，犹如封冻了很久的湖，冰结得厚而硬，极难消融。

堂姐的母亲顶了大伯的职，进入海运公司招待所工作，每天晚出晚归，这是个闲职，晚出可以理解，晚归则跟个性、习惯有关了。邻近的人都知道，她是个做事细致、缓慢，且有严重洁癖的人，时常，与人同时间去井头洗衣服，人家洗完回家了，她还在反复地搓、刷、甩，不洗到天黑不罢休。我曾见过她抖床单，床单被两只手抓着，在二楼护栏墙外不停抖动，床单四个边，挨个抓着抖，抖完一遍又一遍，而后，翻个面抖，又翻过去抖……真担心她会把床单抖破。成年后的堂姐跟我说起，去挑水，累了也不敢在半路放下水桶，她母亲受不了桶底沾到路面的脏东西，会发很大的火。堂姐从不带同学同伴之类的回家，因为不被允许，她家是不能弄脏弄乱的，一点点都不可以。

在院子里写作业或跟伙伴们玩时，经常能听到"啪啪啪""噔噔噔"，声音自对面阳台而来，堂姐的脑袋一忽儿弹起来，一忽儿落下去，起起伏伏，两角辫随之上下翻飞，像一只飞翔的燕子。那是堂姐在跳绳。跳累了便趴在护栏墙，她在看我们，我能感觉到。某一次，我的目光触到她后，没来得及闪开，她好似对我笑了一下，我立马低下头，又惊又慌，我不知道该怎么回应，毕竟她是"敌对"方，毕竟，那条"蛇"还会冷不防钻出来吓唬我。

好几回，天已暗下来，我家开了灯，周边人家的灯也相继亮起，只有堂姐家仍黑着。堂姐继续跳绳，跳得挺卖力，跃动的脑袋渐渐融于夜色，或急或缓的跳绳声显得突兀、孤寂。待她母亲下班到家，喊堂姐的名字，她方才离开阳台。

两个小女孩，一个在自家阳台，一个在自家院子，远远相对了些时日，竟产生了点儿默契，比如，当跳绳或踢毽子的声音停止，我会不由自主地抬头，果然，堂姐正瞅着我或我们；比如，和弟弟玩皮球，一扔出去，弹跳着弹跳着就不见了，着急中往上瞧，堂姐探着身子，伸出手臂，手指点向了某个位置。

终于有一天，堂姐从阳台下来，穿过小径，出现在了我们家。

面对堂姐的到来，母亲是惊愕的，但她很快恢复了正常，轻描淡写地问："你过来，妈妈不知道吧？"堂姐绞着手指，答："不知道。"她脑袋微垂，声音轻如蚊鸣，鼻尖冒出的汗细细密密。母亲端出炒花生和番薯片，让我们在屋里边吃边玩。弟弟扯着母亲的衣角，瞥了堂姐一眼："他们家都是坏人……"一句话未完，便被母亲拎进了卧房。那天,是我跟堂姐第一次近距离接触,也是两人第一次正式说话,之前的我们,就像分在了两大对立阵营的士兵,被生生剥夺了亲近的机会,就算去奶奶家,有一家在,另一家便回避,更何况,堂姐也极少去,她母亲跟奶奶不睦。

起先,母亲并不知堂姐走的小径,她担心邻近的人看见堂姐上我家,若有一个多嘴,传到她母亲耳朵里,后果难以预料,她怕堂姐受责罚,怕旧怨未化解,又添新的误会。她为此而烦恼。从堂姐家出来,经过几户人家,上马路,右拐,进入狭长的小弄堂,再左拐,才是我家的院门。沿途皆是眼睛。显然,堂姐早就想到了这一点,所以,她寻着了毫不显眼的小近道,尽量避开有其他人时来,来了基本不出屋子。小近道是堂姐的专属小径,也是她的秘密,后来,成了她和我们一家人共同守护的秘密。

母亲在小径上陆续铺了数块石头,石头是挑过的,平整且面积较大,呈"一"字排列,这样可以拓宽点儿路面,又盖了些许泥土,踩实。革命草长得猖狂,母亲把几个看不顺眼的锄掉了,还抹了点儿水泥,阻止它们乱爬,缘于那回,母亲发现堂姐穿着湿鞋,一问,鞋面被乱晃的草叶弄脏了,两双都是,加紧洗了,却来不及晾干。鞋子当然是堂姐悄悄洗的,她多了解自己母亲对"脏"的容忍度。

堂姐走小径走出了经验,不必贴墙了,手臂自然下垂,脚尖点在石头上,脚板轻轻一弹,就到了另一块石头,如此,点、弹,点、弹,转瞬就进了院子,跟有轻功似的;草很不识相地占道,她持一根细杆子,把草拨到一边,再落脚,两三步一拨,便走完了;刚下过雨,泥土湿,那就在脚上套塑料袋,绑紧,一来一回,鞋子洁净如新……母亲说堂姐利落得像个大人。

很多时候,堂姐冒着"风险"穿过小径,来到我家,并不为什么事,就是纯粹的过来。她要么安静地看母亲做家务,偶尔眼明手快地搭一把手，要么跟着听会儿广播，要么帮我们捡皮球、找棋子、搭积木，也会加入穿花绳、缠梭子、给布娃娃缝衣服之类，事后，定将东西都收拾整齐。做这些时，她的动作不疾不徐，落座或靠墙，均会先看一下，再决定下一步，不像我和其他小伙伴，整日里咋咋呼呼，玩起来不管三七二十一，随地坐，随处钻，一天下来，浑身脏兮兮，她身上的衣裳始终很干净。有那么几次，堂姐甚至没说两句话就回去了，参观似的在屋子里逛了一圈儿，然后，轻快地下了院子的台阶，挂于脖子的钥匙一跳一跳，裙角在围墙边一晃，便消失了。不知道的，会以为她有穿墙术吧？

也有特意赶来的。刚买了热乎乎的油条，堂姐就从后门溜出来，油条一端被她的手指捏着，晃晃悠悠过了小径。阳光洒在堂姐扬起的脸上，两抹红晕淡淡的，像桃花的汁洇开在两颊，她将油条分给我和弟弟，学着大人的话："赶紧趁热吃"，三个人围在一起吃油条，她问："好吃吗？"我和弟弟齐齐回答："好吃！"她笑得幅度大了些，鼻间的几粒雀斑也随着蹦跶了两下。堂姐送过我一条崭新的漂亮丝边，是镶衣服的那种花边，蝉翼般薄透，有着细小的褶皱。那日一放学她就拿来了，用手绢包着，我一打开，激动得"哇"了一声，之前，跟堂姐玩娃娃时，我提过很想做一条有花边的裙子，让布娃娃美美的，比过隔壁莹莹的。花边是堂姐用自动铅笔跟同学换的，那个同学家是做裁缝的。

有一阵子，每日傍晚时分，堂姐必过来。这是母亲叮嘱的。天将暗，堂姐从我家窗户望向她家的阳台，说天黑了，一个人跳跳绳弄出点儿响声就不大害怕了，阳台上还能看到四邻的灯光，亮亮的。她的侧脸隐在暗影里，晦昧不清。母亲蒸了糟鱼，炒了自己种的蔬菜，一一端上桌，父亲出海在外，吃饭时方桌常常空出了一个边，堂姐在，四个边就坐满了。原本，堂姐支吾着不愿吃晚饭，母亲懂她的顾虑，让她留点儿肚子,待她母亲回来,娘俩再一起吃,这样就不会被发现了。堂姐听完,嘴角往上一弯,点了头。我们像一家人那样围在一起,吃饭,说话,十五瓦白炽灯发出的光,带着淡淡的黄,柔柔地扫下来。

要是稍晚了,姐弟俩拿着手电筒照亮小径,旁边小河里,"叽叽咕咕"声时断时续,革命草耍赖般满地躺,我们目送堂姐熟门熟路地通过,"嚓嚓嚓",一步跃上自家后门的台阶,回头摆一下手,开门进屋。小径又恢复了沉寂。

某个冬夜,突然被对面二楼传出的动静惊醒,四周静寂,堂姐母亲恼怒的斥责声和堂姐隐约的抽搭声,似有经过扩音器后的效果,以超强的穿透力直击耳膜。我听出了大概,堂姐睡着睡着弄脏了被单,她母亲让她起来,要把被单秋裤都换了。母亲走到窗边,撩开窗帘一角听了会儿,她说堂姐成大姑娘了,又连连叹气:"唉,这么冷,可以先垫一下,明早睡醒再换怎么了,也不怕把她冻出病来,唉唉!"

堂姐如栽于院角的两株美人蕉,日益婷婷,做事亦愈加老成,有主见,擅打理,不自觉地,她一过来,我们姐弟俩就会赖上她,完不成的事交给她,做错了什么让她处理,好像她是孙悟空,神通广大。美人蕉出花芽,抽新茎,依次开花,不断分蘖,院角一派繁盛,时光似清风拂过,触摸不着,却能感觉到它的远去。不知从什么时候起,跟着我的那条"蛇"彻底消失了,再没出现过。

多年后,我突然想到,堂姐从小径过来那么多趟,被四邻撞见属常事,她母亲真的没有察觉没有听到过什么吗?堂姐母亲过世得早,答案无从得知,但我多么希望,这一切,她都是知晓的,只是从未点破。

匠人记

补网师阿月

　　她说，渔网从海里拖上来，就跟英雄从战场归来一样，挂彩很正常，得修复，得医治，拾掇得好模好样再出场。

　　她在渔网边踱了几步，眼睛探照灯般来回扫射，蓦地，半蹲，双手拽住网的一边，扬起双臂上下摆动，渔网起伏如绿色的海浪。一缕头发从她耳后溜了出来，有节奏地颤动。

　　周边三三两两几人，均心不在焉，在岛上，渔网、织网、补网实在常见，没啥看头。某渔船的船老大小跑过来，神情中带着探询，又透着点儿恭敬，等着她对那些网的命运给出结论，或者，报出修补的费用和时间。她从不扭捏，一个字一个字从嘴里吐出来，像嚼炒黄豆，嘎嘣脆。

　　临走，她抬起脚尖，轻轻触碰了下渔网，仿佛那些尼龙、聚乙烯、聚酯等合成纤维织成的网是她老友，得告个别。然后，掉转身，两只手插进衣兜里，一个肩高一个肩低地走了。

　　她是岛上的补网高手，男女老少通通叫她阿月老补网。这个老，不是指年纪，是说她手艺好，阿月不到三十岁就被叫作老补网了。阿月的父亲是渔民，阿月的男人也是渔民，当然，这跟她从事补网并无绝对关系，但似乎又与之脱不了干系，小时候，她母亲常被父亲叫去补网,那会儿,渔网破了,渔民们率先想到自己的女人,会补网的便拎着一大篮缠满线的梭子奔赴码头和渔船。小阿月跟着母亲,好奇地看着母亲忙活,无聊了,一个人在渔网上打滚、数浮子。某次,家里的小抄网被老鼠啃了个洞,十二岁的阿月先修剪,后手持梭子,穿来绕去,除了网眼排得不够齐整,其余没毛病可挑。成年后,阿月对补网的热情远超于其他人,推敲细节,总结经验,男人船上的渔网正好被她拿来练手。

不知从什么时候起,岛上的渔船若需拼网补网,头一个就找她。

阿月生得小巧,肩窄腰细腿伶仃,屁股却大,跟整个身子不大相称,像一条鳗鱼吞进海螺,卡在了中段。有人说长年累月坐着织网补网,屁股会坐大。这也许是真的。她的手很瘦,手指似乎常年缠着一圈布胶带,不是这只手就是那只手,不是这个手指就是那个手指,像戴着意义非凡的戒指,舍不得摘掉。

补网第一步,叫"定眼子",就是给断开的网绳配对、重新编织网眼。这一步最为关键,若配错,接下来的步骤无论做得多完美,网都废了。阿月拉过渔网,如钢琴师摸到了钢琴,手指在千丝万缕的网绳中跳跃,很快,几个绳头被她抽出,紧捏于指尖,另一只手伸向工具箱,一把竹梭子听话地贴在了手心。梭子头尖身细,崭新的网线缠绕得满当当,来回几个穿引,原本断开的渔绳打出了多个绳结,新的网眼形成了。

如果说"定眼子"是定音,那么,接下来便是行云流水般的演奏了,修剪断开的绳头,顺着破洞的边沿编织,梭子如鱼在海里游跃,牵着网线划出各种弧线,她的一双手上下翻飞,那圈布胶带宛若一只白色的蝴蝶,恣意蹁跹。

"演奏"从低音滑到高音,又从高音徐徐降落,一片网修补完毕。

补网师的工具箱实在普通,灰扑扑的,与随处可见的旧物什无异。装了补网刀,剪刀,梭子多把,大小长短不一,尺板却无几,因为阿月几乎用不到尺板。对于一个优秀的补网师来说,该编多大的网眼,全凭临场发挥,网具那么复杂,破损程度更无法预估,岂是几个定好尺寸的尺板能胜任的。医用布胶带跟蛤蜊油混于其间,有些突兀,好像正规军集训时突然跑来了俩看客,却是阿月出门补网必备品。海边补网,风吹日晒,蛤蜊油或可缓解面部手部皲裂,而割网修剪难免受伤,扯一段胶带包上即可,即便后来有了更方便的创可贴,她也要再粘一层布胶带,粘得牢牢的,才不影响工作。

有个裁下的网片,面积不小网眼却小,我捡起,觉得可以缝成小网兜,去河里捞鲫鱼和泥鳅。正补网的阿月瞅过来一眼,下了结论:"不好,鱼会跑光。"补网间隙,她将网片从中间"劈"开,剪子蜻蜓点水似的点了几下,捏起,抖了抖,剪断的线头纷纷而下,剩余部分夹于两个膝盖间,开始编织。没待看清,网兜已成,网底小,上面慢慢放大,深度恰好。我接过来,碰到她的手,触感像外婆的,干而糙,能把蕾丝衫钩出丝来,而她的年纪跟我大姨不相上下。

阿月的梭子可比她的手滑溜多了。这些小工具,以多年生的青竹为坯料,表面平整,竹质均匀,加上长年与肌肤、网线厮磨,被汗液甚至血液浸润,愈加色泽沉稳,肌理温润,散发出温吞的旧气,还有,挥不去的主人气息。它们顺服于阿月的手指和手心,熟滑地穿过网眼,打上网结,一张又一张的网自此重生。

补网不同于织网,补网是补救,是修复,无章法可循,得看"病"下"药",灵活机动。补网师拿起梭子,就如医者手执手术刀,必得下得准而稳。经验、胆量、细心、责任心,缺一不可。渔网创口各异,被鱼噬咬的,被礁石割裂的,被船沿蹭刮的,辨别、清理"伤口"后,选择线号,找到合适的搭界点,横着编,竖着编,一个个网眼伸腰蹬腿,手拉着手,一眨眼就连成了片,奔着与上下左右"接壤"而去。填补一个普通的窟窿，花不了几分钟。若网线颜色雷同，还压根看不出修补迹象，相当于手术很成功，没留下一点儿疤痕。

岛上的人说阿月"粗头粗脑"，意思是说话动作等大大咧咧，不是个细腻、婉约型的，但她一补起网来就不"粗"了。像修补网眼，对补网师而言，简单，却又不简单。补好的网眼大小直接关系着收成，网眼大一分可能放跑捕到的鱼，小一分呢，又可能把不该捕的小鱼苗兜上来。阿月修补的网，网眼都刚刚好。这个刚刚好里，铁定少不了细致。而渔网"上纲"和"下纲"的比例、网叶连接在"网纲"上的跨度、浮标和铅坠挂什么位置效果最佳……更需费心琢磨，反复与船老大沟通，再结合实际生产不断修正。

让残破的渔网物尽其用，变废为宝，是补网师的责任，也是挑战，更是荣耀。网被礁石挂住，网线断得横七竖八，大部分被撕烂，损毁太严重，已经失去修补的意义，阿月就想办法把两张网拼成了一张。比起补网，这个工序更繁杂、严谨。渔网摊开在地，像一条大鱼被尾部沿背脊直劈头部至嘴端，大幅度展开，阿月拿着卷尺，撅着大屁股，从这头蹦到那头，又从上头蹦到下头，忙乎一通后，干脆一屁股坐在地上，操起大剪刀"咔嚓咔嚓"。彼时的阿月是裁缝，渔网如布匹，裁好的待用，边角料、废料弃之，梭子成了针，她坐在矮凳上穿针引线，用上多种编织法，终将原本不相干的网片"缝"在了一起。一张全新的渔网诞生。

阿月捏着网，提起梭子在头发上划了两下，说："日子缝缝补补地过，渔网当然也要缝缝补补地用。"

修补或拼接后，渔网拥有了第二次生命。这个"生命"也得讲究质量，拼好补好只是表象，它必须经过幽昧的深海和乖戾的鱼群的检验。一张重生的网，若在实际捕捞中不易破损，少挂鱼，生产效率高，才是成功的，才彰显出补网者的高超手艺。

不是所有会补网的人都有资格被尊称为补网师或"老补网"。

休渔期，码头及其附近，拖风网、围网、大捕网、雷达网、流网……常常聚集，要么堆如座座小山，要么像巨蛇趴于路的两边，逶迤着伸向远方。来自深海的鲜腥气味四处弥散，熟稔地羼杂进岛上的空气里。

阿月领着她的补网队浩浩荡荡而至，无需多言，她们一个个迅速散落在渔网间。她们头上戴的草帽，盖的毛巾，样式花式皆素洁简朴，未坐上小马扎先提起梭子，这个起范儿，竟有那么点儿赏心悦目。

渔网破损处，为防止漏点，扎起了五颜六色的布条，阿月朝我们几个招手："看，多喜庆，像插了彩旗。"她随手扯掉一个布条，撑开网，伸出手掌比一下，而后，一手持梭子，一手拿剪子，轻捷地舞动。碰到心情好，她会边补网边给我们讲故事，比如，海蜇为什么没有魂灵，毛虾怎么帮鲤鱼跃龙门，我们跟浮子似的缀在她身旁，一动不动。她还问我们，以后要不要跟她学补网，几个小孩齐齐点头。然而事实是，后来的我们没有一个会补网，甚至没有一个留在岛上，成年的我们已经不认为补网是个厉害体面的行当了。

日头西落，无数个橙红色的光晕从水天交接处涌来，涌上渔港，涌向马路，渔网一半在霞光里，一半在隐晦处。补网队准备收工了，阿月水杯里的水已饮尽最后一滴，原本缠满线的梭子也都空了，她起身，跺几下发麻的脚，身后，是她的补网之路，修补好的渔网呈半摊开姿势，静卧一边，她瞥过去的目光有一点儿温柔，又有一丝得意。

阿月的女儿大学毕业后，在城里工作、安家，把母亲接了去，可阿月没住几天就回到了岛上，说手痒，城里又没网可补。岛上的人说她真不会享福。

087

如今，阿月胖了，背不挺了，补网要戴老花镜了，但她一坐到渔网边上，架势依旧。

木匠全福

圆滚滚的粗木头被捆绑于大树，一把大锯子架上，全福和他的徒弟左右各站一边，一个上一个下地拉锯子，来来回回。"嚓啦，嚓啦"声不绝，锯末纷纷扬扬，乍一看，以为树下飘起了雪。终于，将木头如鱼鲞般彻底剖开，全福用手指轻轻地敲，微仰着脸，两只小眼睛眯起，跟戏迷听到了好曲似的。围观众人便知，这是个上好的木材，主人家乐呵呵地奉上好烟，全福手上点一支，耳朵夹一支，不说话，绕着木材转圈，青烟氤氲间，他一脸沉思状。

这是全福开工前的老习惯，大概要把接下来的锯、砍、削、凿、刨等一系列工序在脑子里过一遍？

全福的木匠手艺是祖传的，他曾祖父、祖父、父亲都是木匠，想当然地，他早就准备好要把技艺传授给儿子，可偏偏，儿子不愿做木匠，嫌木匠辛苦又没见识，一辈子困在小岛上，他想当海员，全国乃至全世界的港口都跑遍，有时还能上岸休闲，公费旅游似的，多潇洒自在。几番劝说无效，全福气得冒火，拎起一把斧头追得儿子满院子跑。儿子勉强妥协，初中毕业后跟他做了一年木工活，结果，连个梯子都做不好，还时不时地搞废木材，不情不愿没有用心是其一，只怕也不是吃这碗饭的料，全福死了心，这人啊跟树木一样，樟木可以做上等的衣箱书柜，柳木呢，也就能做做菜板拐杖之类，调反了，用错地方了，要么怀才不遇，要么不成器，罢了罢了，随他去吧。

全福长得如同他做的箱子，方方正正，个不高但壮实，两肩宽而平，两腿粗直，站在那儿四平八稳的。他的大鼻子很是显眼，鼻头肉圆，一喝酒就发红发亮，偶尔蓄两撇小胡子，微微翘起，我们小孩私下里叫他阿凡提木匠。眼睛却特小，像不小心在眉毛下割了细细两条，睁再大也就两个缝。弹墨线前，须目测，旁边的人若不特地留意，恐怕发现不了他两只眼睛正一睁一闭，一闭一睁，而后，用木工笔在木头上画个红色记号，墨斗循着记号垂下来，"啪"，一条墨线弹了上去，分毫不差，动作简直有点儿帅气。待吸完一支烟，低头，依着弹好的墨线开锯、凿孔等，他一用劲，脸部肌肉就紧张，咬牙歪嘴的，顺便牵扯大鼻子一扭一扭，甚是滑稽。

　　我们有事没事老往全福那儿跑，一进他家院门，木头的香气必先上来迎客，悠悠的，恬淡闲适。全福的工作场地在堂屋，摆放的长木凳、矮桌子便于加工木料时削和刨，木头工具箱造型像个长方形篮子，有个提手，可以拎来拎去。均出自他手。木匠的工具繁多，看得人眼花，斧头、锯子、刨子、锛、弯尺、墨斗、凿子、榔头……似乎每一种都分型号，大中小，长中短，如锯有长锯短锯，斧头有大斧头小斧头，而刨子，分粗刨、细刨、光刨、槽刨等。工具箱自然是不够放的，大型点的工具便倚在屋角、墙边，我每次见到它们，总感觉有种生人勿近的威严，带着警告的意味。

　　全福不许我们进堂屋，工具不长眼，会伤人，我只好坐在木门槛上。工具也长眼，它们只认全福，年轻的徒弟有一回就被"咬"了，大概工具跟人一样，相处久了会对你生出感情，老木匠全福用它们锯长短、削厚薄、刨平直，经年累月，于是，它们甘愿臣服于他的手，温顺又卖力。

　　所有工具里，我最怵斧头，刀口呈弧形，薄而亮，寒光闪闪的，瞧着就心里发毛。全福砍削木头，有时两只手握住斧柄，有时只用右手，抡起、落下，一下，又一下，像锄头锄地，也像舂头揉捣。

夏季，就算把堂屋的两扇门都开了，依然燠热，全福穿一件白色汗衫背心，用干布擦擦手心的汗，斧头举过头顶，"梆——梆——"，手臂的肌肉一鼓一鼓，仿佛钻进了只青蛙，木头如干裂的泥土般迅速豁开，我感觉身下的门槛颤了几颤。这么一通下来，汗衫背心的后背前胸均已湿透，他接过徒弟直接从水缸舀起的水，一饮而尽。斧头也不是时时这么粗暴的，它还能干细活，比如削木楔，砍边，有句话叫"快锯不如钝斧"，这时的斧头在全福手里就像玩具一般，轻盈跳跃着，点哪儿是哪儿，快而准，木片木屑"唰唰"地掉，简直如削豆腐。事毕，全福起身，弹弹粘于皮肤的屑末，大鼻子里哼出个曲儿，好似他敦实的身体里有根弹簧突然松了，变得柔软、懈弛起来。

一块原木到一件成型的木器，须经过多道木匠工序，一道接一道，万不可乱了次序，总得先开料才能刨吧，而开榫凿眼肯定得是光滑的精料。刨木可能是唯一一个需要木匠全身运动的工序，我们小孩觉得最好玩。全福粗短的左腿弯成弓形，右腿在后，用力绷直，那个气势，好像要把地面蹬穿。他双臂伸直，双手握住推刨，顺着木材纹理使劲儿往前推，身体亦顺势前倾，随着"刺刺刺嚓嚓嚓"的声响，刨子欢快地吐出薄而卷的刨花，一朵连着一朵，又成串成串盛开在地上。即使被废弃，也要美丽绽放。推刨中途不得缓劲儿，一推到底后，猛地顿住，接着，连人带刨子紧急后撤，此间，全福会扭动一下脖子，再重新发起"进攻"。

刨木就是给木板做美容，无数次的推刨，疙瘩啊疤痕啊被抹平的抹平去除的去除，直至变得光滑细嫩。刨花一圈一圈簇拥着全福，全福双脚一动，它们便窃窃私语，不知在埋怨还是在夸奖。刨花粗粗细细，宛如女人头上的大波浪小波浪，越堆越多，终于，像海浪涌到了门槛边，我们开心了，一朵朵捞起，放到鼻子闻，套在手腕当装饰，当作蛋卷摆在破瓦片里……最后，我会通通装进塑料袋里带走，奶奶生炉子，说用刨花引燃效果好。全福笑我，那么点儿够什么好，得拿编织袋装。还真有人拿了编织袋，也有人拿铅桶，编织袋装刨花，铅桶装锯末，锯末发酵后掺土里，对种菜种花都有益。

全福声明不接急活，慢工出细活，浪费了木料或做的木器有瑕疵，口碑要坏掉。尤其做嫁妆，那是姑娘一生中的大事，也是证明娘家实力的风光事，马虎不得。全福带着工具入驻主人家，先看做家具的木头，抬起一根掂掂，摸过另一根弹弹，或用他比木头还粗的腿踢踢，再拿出卷尺量量，心中有"尺度"，执斧凿才能有神。这根可以做啥，那根用来干吗，挑出来的都分类放好，在全福眼里，它们已然是一个个具体的几何图案。

主人家早已辟出开阔的场地供全福施展，此后几天，那里不断传出"砰砰啪啪""滴滴笃笃"的声响，木头经过全福的手，变成各种长短宽窄的木材，堆于一角，再由木材拼成奇形怪状的半成品，那些木头与木头咬合、连接而成的构件，平衡有序，有的能一眼瞧出是某木器的一部分，有的像个谜，怎么也猜不出。各个颠三倒四、横七竖八的木构件，接下来会被敲敲打打，条条框框、板板块块依照一种组合关系天衣无缝地融合，终成一体。

主人家对木匠师傅怀有敬意，好菜好酒好烟招待着。全福爱喝点儿酒，但不贪杯，喝酒跟做工一样，要掌握好分寸感，喝过量，手会不稳，手不稳，哪出得了好活。最后一日结完账，全福收拾好工具，看看摸摸亲手打造的家具，小眼睛眯起，轻轻颔首，大概是对自个儿的手艺表示满意。然后，一只粗腿向外一旋，大踏步走了。

其实，全福也接过急活儿。那年，岛上有个海员在海上遇难，急用棺材，全福和另一个木匠在那家夜以继日赶工，寻回的遗体才得以尽早装殓。两个老木匠没收一分工钱，也没吃饭，全福说这跟做寿棺不一样，不好意思收钱也没心情吃饭。在岛上，做寿棺寿坟是喜事，老人们把最终的安身之所安排妥了，心里就轻松了，必须好好宴请木匠泥水匠，有的人家还要办上几桌呢。

到上世纪90年代中后期，木匠这一行似乎也进入了电器时代，全福购入了电刨子电锯子，干活省力多了，适合逐渐年老的他。全福选了好木，给自己做了一口寿棺，逢人就说很合心意。完工那天，他让老婆备了好酒好菜，那回，他喝得有点儿多。

篾匠阿爷

一根茶口杯粗细的竹子，竹头抵住墙角，竹尾握于阿爷左手，他右手挥刀，往中间部位一扎，"嚓"一声轻响，裂了个口子，顺势推篾刀，"噼噼啪啪"，像燃放鞭炮，竹子被一节节劈开，破开后的竹子对剖，再对剖……阿爷手持篾刀，左劈右劈上下翻飞，手指的骨节一突一突，如拉面一般，变出了无数根细长柔韧的篾条，一甩，"沙啦啦"，恰似清风穿过竹林。

地上的篾条堆了起来，长的，短的，带皮的，不带皮的，粗细均匀，青白分明，散发出竹子特有的清香。阿爷起身，抖落身上青绿色的竹屑，两手一会儿交叉，一会儿来回搓，不知是在舒缓劈篾后的疲劳，还是为接下来的编篾热身。阿爷个头儿不大，那双手却特大，手掌厚，手指长，指关节粗且弯曲，一用劲儿，手背上青筋暴起，像爬进了好几条蚯蚓。手上遍布小沟小壑，老树根般粗糙，很怕他摸到我衣服，一摸，要么起毛要么抽丝，新衣也成旧衣。怕影响做活儿，阿爷每每把指甲剪得光光的，而做篾匠多年后，便很少剪了，他的指甲长得缓慢，有的甚至停止了生长。

阿爷其实并不老，那会儿也就是个中年人，因跟我亲爷爷是表兄弟，辈分大，故喊他阿爷。阿爷年少时羸弱，坐个渡轮都要晕船，父母怕他禁不起风里浪里颠簸，海员和渔民就别想了，学门手艺吧，小岛上，手艺人是吃香的。在木匠、漆匠、泥水匠、篾匠里，他选了篾匠，阿爷幼时常钻竹林，做竹管枪，取竹叶吹哨子，觉得自己跟竹子更亲近些。

篾匠活儿讲究取材，春竹不如冬竹，冬竹又以小年的为宜，韧性好。根据竹子的粗细、颜色深浅，阿爷能辨别其生长年份和阴阳面，何种竹器用哪类竹，他胸中有数，如向阳的隔年青用来编凉席甚好，几年的大苗竹制箩筐牢固，篓子筛子可用年轻的小桂竹，虫蛀的竹子易断裂，做正料太勉强，只能做辅料……让竹子各尽其才，是好篾匠的标准之一。

砍下来的竹子必须趁新鲜剖篾。篾匠活儿，看似轻巧，实则都下过无数苦功，如劈篾这项基本功，宽窄厚薄全凭手指感觉和个人经验，略厚嫌粗拙，过薄怕欠牢，难就难在刚刚好。还不能统一型号，不同的竹器，同一个竹器的不同部位，对篾条的要求各不相同。而对篾匠来说，剖出细如发丝或薄如蝉翼的篾条，简直成了一种快速证明自个实力的方法。

阿爷自是功力了得的。青篾、头黄篾、二黄篾、三黄篾……一层又一层，剖得利索。其中有个动作，他将篾刀刀柄往腋下一夹，嘴巴向前伸，咬住剖开的竹篾里层，刀子轻轻推进，他的厚嘴唇似乎抖了一下，三条额头纹跟着一颤一颤……我在一旁有点儿紧张，把咳嗽都硬压了下去。两层分开后，再如此反复，一层，又一层，剖出的篾条轻薄似纸片，且每一层都均匀、齐整。眯起一只眼，透过篾条朝外看，可见朦胧的光，恍若晨曦映进了玻璃窗，遂朝阿爷嚷："就像蒙描纸，都能印画啦儿。"阿爷两瓣厚唇使劲儿往旁边咧，露出了上牙左边的那颗银牙。

篾匠的工具相对简单，小锯、篾刀、篾针、剪刀、度篾齿……这门精细的技术活，大概最重要的工具是篾匠的手指。阿爷系上围裙，往小马扎上一坐，扁而薄的竹篾在他指间舞动，犹如起网时小鱼群弹来跳去，他的十根手指似有磁性，各款篾条被吸得牢牢的，任怎么拨、拉、挑、压、穿等依然服服帖帖不离不弃。"哗哗"声中，篾条来回穿梭，纵横交错，偶尔用篾刀敲打经纬交叉处，可令其交织得更紧密紧实。一个不注意，竹器的底部就编好了。光一个底部，编法花样百出，米字型、斜纹、平编、三角孔等，什么器物配什么花纹的底，从手指与篾条相触时便定下了。

阿爷常在自家院子里做活儿。院子铺了石板，石板与石板的缝隙总会钻出一丛绿，与墙边码着的几根翠竹相映。篾条一部分堆在地上，还有些挂于院角的楝树枝上，微风拂过，翩跹而舞，旋起一股竹香。成品与半成品散落四周，筐子、提篮、筛子、簸箕、摇篮……方的、圆的、扁的、长的，形状大小各异。有种竹篓子，口小肚大，状如某种坛子，我们叫"克篓"，阿爷几乎可以闭着眼编，底打好，篾条一折一压，开始编织圆鼓鼓的身子，快到头时猛地收紧，形成细如头颈的口子，可一手掐住。在当地方言中，"克"有"掐"的意思，"克篓"这种易进难出的特点，很适合装活蹦乱跳的渔获物，去海边扳鱼，少不了它。阿爷编的"克篓"锁口严密，篓身不易压瘪踩歪，一不小心就成了畅销货。

不知道阿爷是天生不爱说话，还是因长年做篾匠活儿而变得沉默，他坐在那儿，长长的手指忙着与篾条纠缠，三条额头纹如捉摸不定的海浪，忽而聚集，忽而舒展，眼不斜视面无表情是他的常态，可以数小时不挪动，不讲一句话。若有邻人相问，他头不抬，手上也不停顿，简洁回一句便不再吱声，两片厚嘴唇跟两层石磨似的，牢牢叠在一起。小孩们在旁边叽喳、转悠，只要不搞破坏，阿爷不会赶我们，也许是懒得理我们，他正沉浸其中，把心中的那些立体图形，通过指间的钩拈转折来实现。竹篾到底能成为怎样的竹器，全凭篾匠的一颗匠心。

等我们玩了一圈儿转回来，阿爷还是那个表情、那个姿势，小收音机也依然在他脚下开着，只不过已从评书转到了戏曲，或从广播剧换成了天气预报。阿爷背后，楝树枝叶繁茂，一大团的绿浮在半空，晚霞放肆地将天边涂成了橙红色，一束红光从檐角闪进来，落在即将完成的笋箢上。

阿爷做的那么多竹器里，小孩子瞧得上的，唯有阿爷给小女儿编的小玩意儿，小花篮啊小笋筐啊，最惹眼的数那张袖珍竹编床，造型别致，纹理细腻，布娃娃睡上去肯定舒服。阿爷做活儿时，我们帮他扶竹子，给他递篾条，殷勤献得太明显，被他看穿了心思，他眉毛一扬，额头纹迅速向发际靠拢，说干脆做一个大家都能玩的东西。可直到阿爷扎结收边，我们也没瞧出那是个啥，状若簸箕，但簸箕又没有那么深，锁口跟筐子一样，用剖得很薄的外层竹皮，竹皮卷紧后在铁锅里烧煮过，方便穿绕且耐断裂。

小孩们东猜西猜，阿爷嘴角微翘，拿根粗麻绳往楝树上一甩，麻绳像两条结实的手臂，从大树垂下，稳稳"抱"住"簸箕"，我们齐声大叫："秋千啊！"于是，一个个轮流坐上去，轻轻地欣悦地荡过来荡过去，风也来凑热闹，鼓起我们的衣衫，树叶在头顶飒飒作响。

那年，阿爷大女儿出嫁，阿爷早就编织好了一套嫁妆，针线笸箩、礼篮、蒸笼、竹箱、竹席……漆成红色的篾条穿插其间，有的，收边时编了一圈儿漂亮的红色花纹，有的，在提把或盖子上嵌入了红色"囍"字，看起来那么喜气，祥和。

等小女儿出嫁时，人家说已经不时兴这样的竹编东西了，阿爷不吭气,从早到晚地劈篾,编结,打造了一套同样的嫁妆。有一次,一向寡言的阿爷从厚嘴唇迸出一句话:"纯手工的东西金贵。"他的大手在空中一划一点,像为自己的话加了个感叹号。

  如今,阿爷已年逾七十,仍在做活儿,多数是些小竹器,编起来轻松些,比如花器、水果盘,造型多样,基本都是顾客订制的,他说,还是要动动脑动动手指,可以防止老年痴呆。阿爷的皱纹真是多啊,横的、竖的、斜的,并行的,交叉的,仿佛把篾条的编织图纹都印在了脸上。

老屋

一

老屋是在奶奶的自留地上建的。那块长方形的田地贫瘠、规整,它孤独地卧于小河的那头,年轻的父亲每每出海回来,总要站在这头望上一会儿。他的心里逐渐有了盘算,在田地上盖两间平房,好迎娶母亲,而房子总得有院子,那就把小河填平吧。

家底薄如纸,盖房要完全靠自己,父亲做好了打持久战的准备。打地基、填河需要大量的泥土和石头,父亲推着木制手推车,从山上,从坡地,从船厂,从所有他能想到的地方,一车一车往回拉。这个活儿都是父亲利用船靠岸后的休息时间干的,一般情况下,海员每完成一个航次就能在家停留一两天,即便只有半天,父亲也不会舍得荒废,他的身体里储满了能量,脚一沾到土,浑身的劲儿如海岛呼啸的风,狼奔豕突气势如虹,最后通通化作汗水,倾洒于那百把平方米之地。父亲说,那时候好像不知道累,半夜了还跟叔叔借着月光搬石填土,饿了就煮一大锅蒲瓜汤,喝得肚皮胀鼓鼓,精气神那个足,困意跑得远远的。

来台风了,船不得不进港避风,父亲窃喜,只要风雨不算太急骤狂猛,他就能干活儿,他穿上厚雨衣,套上黑色雨靴,紧握住手推车的把手,行进在通往坡地的小路上。土路泥泞,风从侧面横扫而来，雨衣发了狂般在父亲身上又拍又扯，摆放于车上的铁锹不安地晃动着，父亲走得很慢，两手不时换着用力，以把控方向和车的平衡，空车，他怕一不小心连人带车被吹翻。当时的他大概没有想到，满车返途时会更艰难。到目的地，父亲一心顾着铲碎石，搬石块，他看中了一块不规则大石块，估摸着一个人搬够呛，若放弃，自然万分不甘，在父亲眼里，那简直等同于宝贝，于是，他把手推车尽量挨近大石，用碎石阻住轮胎，防止车滑动，父亲双臂蓄满力，弯腰，猛地抱起大石装上了车，心下刚一松，手掌却被石头的尖角割开了，血倏地溢了出来，没法就地处理伤口，索性马上推车返回，任凭血液浸润车把。

有个不大不小的陡坡，往日父亲并未放在眼里，那次上坡却甚为吃力，风刮得人摇晃，雨溅落在满车的石头上，发出"啪嗒啪嗒"声，四下无人，父亲只能咬咬牙，一鼓作气猛冲。天暗，他也两眼发暗，上坡后，雨水趁他大口喘气，恶作剧般地落进了嘴里。父亲已记不清那一路是如何过来的，到家后，他脚步趔趄，面色苍白，手掌的伤口浸水后发白发肿，双臂麻木得不像是自己的，但他心里却是安妥的。

父亲凭着近乎于愚公移山的毅力，在舅舅和叔叔的助力下，填平了河，夯实了地基，历时一年多。然而，因资金、材料、精力等原因，房子并没有赶在父亲迎娶母亲前盖起来，新婚夫妻只得暂居于爷爷奶奶的堂屋。

20世纪70年代，海岛相对闭塞，无法实现短期内迅速买全建屋材料，父亲庆幸，亏得那年离开木帆船，去了一艘铁船。铁船常装运瓦片、砖头等，且航线不长，回家频率高，近水楼台，父亲可以顺带一些。春燕衔泥般，父亲从四面八方一点一点囤齐了材料——水泥稀缺，去泥峙岛开后门才买到；做墙基的块石从扁担山拼船装回；六根水泥梁购于宁波；有小船偷卖杉木，父亲立马下了手；橡子还省力些，供销社有……

起屋时，母亲选了个好日子动工，据说那天东升的太阳，红得就像她种的西红柿。从泥水匠做工开始，父亲的木匠活儿便紧跟其上，木工费不便宜，父亲决定利用在家时间做门窗，他掂量着自己能胜任，钱嘛，能省则省。那时候的好多个夜晚，母亲都是在"砰砰啪啪""滴滴笃笃"的声响中哄着一双儿女入眠的，父亲每个航次回来，耽搁的时间不多，夜晚的大好时光可不能浪费了，他把自己埋进各种长短宽窄的木材里，昏黄灯光下，那个消瘦的身影不停地砍、削、刨、敲，他黝黑的汗津津的脸有亮光忽闪。

母亲说父亲那儿会瘦如猴精，又特自恋，每完工一个，都要痴痴瞧上半天，沉浸在自己的作品中无法自拔，待门窗嵌入，正式成为房屋的一部分，父亲更是百看不厌，砂纸随时准备着，一会儿重重擦拭，一会儿细细研磨，直至每一根窗棂都如小姑娘的脸，光洁平滑。

两间平房终于安然挺立，院子地势低，而地基垫得较高，从院子到屋子，父亲设计了五层水泥台阶，又在正面的屋墙上做了菱形花纹，在当年的小岛，有这样外观的房子实属罕见，人们纷纷过来参观，说气派，像电影院。父亲多么骄傲，屋前屋后瞅了无数遍，还假装在院子里踱步，脑袋却始终如向日葵般扬起，忠诚地朝着他的新屋转。

二

搬至建好的房屋时，我两岁，弟弟九个月。住进的第一晚，我哭闹得猛，母亲无奈，把我抱至灶间，父亲正在赶工，做小木凳小木桌,我竟安静下来,眼睛滴溜溜转,好奇地盯着木工半成品,仿佛知道那些是特意为我跟弟弟而制。

在我的整个童年里,父母亲都在为怎么让自家的窝更妥帖更舒适而努力,盖房已欠下债务,得遵从一切省钱的原则,自由发挥,自己动手。不急,有的是时间,一样一样来,粉刷、上漆、打造储物台、编织门帘,绣桌布……尤其让我惊讶的是,母亲居然运用她的织网技术,给卧室做了隔断墙和天花板。

以毛竹打好框架,竖立于卧室后半部分,固定住,母亲用绿色的网线在其上飞梭走线,每个网眼都绷得紧紧的,整个架子像张超大的棕绷床,最后,正反两面糊上报纸,隔断墙即成,侧边留门,我跟弟弟算有了自己的房间。织"天花板"是个大工程,得趁父亲在家时进行,母亲颤颤巍巍踩上置于桌子的方凳,她尝试着慢慢站直,腿禁不住发抖,父亲慎重地扶住凳子,给她打气,母亲稍稍稳下来后,拿起梭子,双臂呈投降姿势尽量往上,随着她的动作,垂下的绿色网线鸡啄米般点着头。房间里很静,听得到父亲和母亲的呼吸声,我坐在门槛上,屏声敛息。莫名想起那些从岛外来的江湖艺人,几张桌子几把凳子横七竖八摞起,他们站在上面,做各种高难度动作,我的心像荡起了秋千,忽上忽下。而那一刻,我望着高处的母亲,比看杂技时更为紧张,心悬到了嗓子眼,母亲却好似越来越放松了,双腿站得笔直,两只手熟练操作着,地上的线团滚几下就瘦一圈儿,直到小如鸡蛋。在这过程中,父亲和母亲的头一直仰着,像翘首以盼一个奇迹的出现。

在我眼里,那就是个奇迹。屋顶网线纵横交错,网眼大而齐整,犹如张开了巨大的绿色蜘蛛网。这回轮到父亲站上去,将本白的纸一张一张糊上去,此后,卧室便有了一个白色的吊顶,整个房间看上去那么干净、亮堂,灯一开,淡黄色的光氤氲开来,让人觉得温馨、安宁。

　　隔断墙成就了一个有模有样的小房间。两张小床相对，中间摆了桌子，依了我的心意，母亲扯了块漂亮花布做窗帘，趁着每年的修船期，父亲拿出他的木匠手艺，依次给我们做了床头柜、书架、木箱等，墙上帖了张画，母亲说画上的仙女眉眼有点儿像我，我却想着什么时候能有一条那样飘逸的裙子呢。姐弟俩在自个儿的空间里如鱼得水，做作业、听广播、吃零食、看闲书，偶尔也吵吵架。我还常常接待伙伴们，女生们在一起，有说不完的话，玩不完的小游戏，房间里装满了我童年至青春期的秘密和快乐。

　　夏日，老屋是清凉之地。屋后没有任何遮挡物，望出去，连片的水稻田静美如画，打开后门和前窗，穿堂风嗖嗖而过。吃午饭，别人家电风扇转如飞，却依然逃不过满头大汗，我家的自来风大摇大摆地回旋、进出，不轻不重地拂过皮肤，刚从毛孔探头的细汗便被带走了。饭后席地而睡，半梦半醒间，我闻到了风里挟裹的植物香气。

　　傍晚时分，暑气渐褪，院子里开始喧腾。水稻田和菜地的主人们往返均要穿过我家院子，待忙完当日的农活，索性一屁股坐在台阶上拉起了家常，邻人亦趿拉着拖鞋慢腾腾踱了过来，加入谈天说地之列，爷爷奶奶搬出小椅子，坐上去，悠哉悠哉地摇蒲扇，小孩们活力足，奔来跑去，把我家的鸡撵得腾空而起……这个时候，母亲通常在准备晚饭，当饭菜香不管不顾地溜出门，母亲也搬出桌凳至门口，邻人偶尔还上来评价饭菜，说蛮好，荤素搭配。荤菜为鱼鲞、糟鱼、醉鱼，菜蔬均自种，茄子、蒲瓜、四季豆等。在屋檐下用饭，我跟弟弟被院中的热闹吸引，老东张西望，母亲一句话就能让我俩埋头吃饭，那句话就是，赶紧吃完看电视。若父亲在，他总要喝上一杯白酒兑汽水，有一次，我偷喝了一大口，而后，脸发热头发晕，整个院子的人都笑话我，我瞥见最后一缕霞光从檐角落下来，在台阶上跳了两下就消失了。

撤去碗盘，木桌摆上电视，来我家院子的人更多了。五层台阶上，西湖牌黑白电视打开着，台阶下的观众姿态丰富，站、坐、躺，织网者有之，啃玉米西瓜者有之，抹花露水拍蚊子者有之，摇扇子轻声交谈者亦有之，借着月光和荧光，我跟隔壁家的女孩翻起了花绳。剧情到关键处，诸声皆消，大家抬着头，巴巴盯着那十四寸荧光屏。电视画面一糊，弟弟自觉去转动屋旁的天线，众人嚷嚷"好了好了"便停手。有一年，整个夏天的晚上都在播同一部连续剧，墨西哥的《诽谤》，好像有一百多集，我们就说，这墨西哥果然磨（墨）叽啊。不过好多时候，我都看不到结束，以最舒服的姿势把自己安顿于竹制躺椅上，望着屋顶的月亮，听着夏虫的鸣叫进入梦乡了……

老屋的地理位置和周边环境决定了其夏凉冬冷。屋后的空旷在夏天是优势，到了冬季却成了弊处。西北风如巨兽咆哮，"呼呼呼"来"呼呼呼"去，或盘旋于屋顶，或在屋旁作乱，门窗颤抖着，"刺刺"作响，好似有什么东西要随时蹿进来。若遇雨天，更为难过，寒意和湿气从门缝从窗缝直往里钻，屋里冷如冰窖。为了不让我们受寒，母亲想了很多法子，火熜里炭火不熄，大锅烧热水，可喝，可泡脚，可灌满葡萄糖瓶子后套上布袋暖手，带领一双儿女搓手搓脸做运动……最爱灶膛，里面哔哔剥剥，火苗欢蹦，外边，娘仨相互依偎，有时，煨上年糕、红薯，或冷硬的糖包，空气里暖烘烘香喷喷，吃饱了就犯困。

天晴就好办了，金灿灿的阳光铺洒于家门口，西面的水泥柱旁，母亲整整齐齐地码上木柴，以抵挡风入侵，再把屋门关上，形成一个半包围的空间，很适合晒太阳。四邻八舍也不客气，纷纷上我家，开玩笑说借用一下风水宝地，大家在阳光下打毛衣、削荸荠、嗑瓜子、闲聊、打盹儿，母亲搬出了竹床，晒被子晒枕头晒厚衣裤，我一屁股坐上去，又软又暖，赖在那儿怎么都赶不走。

总觉得有父亲在，冬日的夜晚亦是旺气的、热闹的。母亲烧火，火光映红了她的脸，父亲做菜，炒菜声"嗤嚓嗤嚓"，灶台白气缭绕，我和弟弟捧着小火熜玩扑克牌比大小，十五瓦的白炽灯散发出淡黄的光，给屋里的一切镀上了一层暖色。关紧门窗，饭菜上桌，热气蒸腾，母亲自酿的米酒醇香诱人，父亲喝得脸庞酡红，慢悠悠地跟我们讲外面的事，母亲听得认真，美丽的眼睛里盛满笑意，我的心思一半在酒酿蛋上，弟弟应该也是，几口香甜的酒酿蛋落肚，浑身热乎、舒坦。

屋外寒意肃杀依旧，那又怎样？我们可以待在屋里。想想我们拥有这样温暖坚固的堡垒，幸福感顿生。

三

那些年，周边楼房接踵耸立，以高高在上之态睥睨我家的老屋，父母亲不以为意，从未有翻盖楼房的想法，除了光照时间减少了些，其他并没什么变化嘛。1998年，父亲拆除了老屋旁的杂物间，在西面镶了一间，屋墙打通，自此，两间平房变为三间，大门对开，颇为匀称，有一种东西厢房的感觉，瞧着挺踏实。

三间房敦敦实实地卧在那儿，在鲜亮高大的楼房衬托下，难免显得凋敝、矮陋，但在我们眼里，它就像个沉默的亲人，无论寒冬酷暑，风雨阴晴，庇护我们始终，怎么看怎么亲切。

让人黯然的是，这个"亲人"在不可避免地老去。岁月的磨蚀，大自然的侵害，令它饱经沧桑，"病痛"不断。岁月的磨蚀尚属慢性，大自然的突袭总杀得人措手不及。海岛多台风，每年都来光顾好几次，即便做了一些防护措施，也不得不做好听天由命的心理准备，所有人都知道，台风的风力、持续时间等都是不可控的。每一次台风来临之前，我们都要默默祈祷，保佑老屋和屋里的人安然无恙。

老屋是经受过重创的。有一年夏季，强台风来袭，父亲的船来不及返航，避风于遥远的港湾，家里只有我们娘仨。母亲抗台有经验，来台风必断电，她会事先备好蜡烛、火柴，储备数天的吃食，加固门窗，并在门内挂上粗壮的棍子。台风放肆地嘶吼，不顾一切地搞破坏，外边砰砰啪啪声四起，震得屋子不住地发抖。老屋北面无遮挡，台风长驱直入，如万马奔腾，一次又一次撞击屋墙，雨借风势，亦疯也似的拍打屋墙，终于，墙里渗入了水，白色墙面被泡得鼓起，不一会儿，便脱落一大块，露出湿漉漉的黄泥。

风刮了两天两夜，那个时候，谁也不知道老屋已经受了内伤，它用不算强壮的身躯拼尽全力扛着，默默承受，未表现出丝毫的脆弱。直到台风过去，母亲还以为，那次的后遗症只是拗断了一个屋脊头，刮飞了若干瓦片，雨毛毡漏水以及玻璃窗碎裂。待父亲回家，绕着老屋细细察看，才惊恐地发现，北面的屋墙被生生推了进去，从外面看，墙面呈微微凹陷之态，像被重物砸出了个大大的浅坑，而东边的墙则出现了明显的裂缝，父亲推测，这是台风与地基下陷联手造成的。

家里一直备有梯子、抹泥刀、刨子、钻子等，每次台风过后，父亲都要蹿房越脊，拿着工具检修，瓦片飞走、雨毛毡掀翻漏水等属于小病小痛，重新铺盖就成，屋脊头没了干脆抹平了之，不翘首跂踵就不招风，也蛮好，棘手的是屋墙的凹陷和开裂问题。外墙凹，内墙就会微凸，位置在灶间，父亲说只能试试保守治疗了，他做了木桩子撑住内墙，并在每个桩子周围浇上了水泥，你推我就挡，简单却也有效。至于东墙的那条裂缝，父亲不敢轻举妄动，一不小心就伤筋动骨,得推倒重来。裂缝成了长进父亲心里的伤口,时不时地牵扯一下,他甚至做了个梦,梦见裂缝迅速扩大,咔嚓咔擦声震得耳朵发疼,而后,房屋倾斜,轰然倒塌。

某年的一个夜晚,全家正专注于电视剧,屋子突然摇晃了几下,父亲最先回过神,是地震!待震感消失,他立马拿起手电筒冲了出去,手电筒的光来来回回扫在东墙的裂缝上,迷离得陌生,父亲上前触摸了好几遍,确定那条缝没变大,才安心。

修葺缮治,父亲从不懈怠,他老担心伤痕累累的老屋会撑不久,没承想,一晃又过了三十年,他的一双儿女都步入了中年,老屋却依然挺立着,简直坚韧得让人感动。事实上,我们已离开小岛离开老屋很久了,先是我们姐弟俩相继到邻近的小城打拼,母亲为照顾孙辈,义无反顾地相随,而后,退休的海员父亲也过来与我们团聚。全家无一不记挂岛上的老屋,最放不下心的,当然是父亲,他说房子若长期无人居住,就没有人气撑着,容易塌掉,所以,他每隔一段时间都要回老屋,清洗、打理、修缮、做饭、睡觉,我知道之于父亲,与老屋相处的时光,比任何时候都柔软、惬意。

台风"烟花"侵袭,父亲正好在岛上,因老屋属于危房,他被接到了政府安排的临时安置点。"烟花"来势汹汹,父亲在安置点给我们发消息,他很不安,怕老屋真的扛不住了。想起不久前,趁女儿放假,全家浩浩荡荡地回小岛,拐进熟悉的窄窄的小道,左转,老屋依旧在那里等着我们。老屋变矮变小了,墙壁灰败,鱼鳞瓦间长出了青苔和杂草,父亲亲手做的木门油漆脱落,裂开的罅隙深浅不一,如老人脸上的皱纹。突然一阵心酸,无力和悲凉径直袭来。

第二天,台风和雨势稍稍缓解,父亲就从安置点偷跑回家,他第一时间在家人微信群报喜:坚强的堡垒毫无损伤。就一句话,并当即拍了老屋的照片,发上来。我悄悄热了眼眶,他的激动和骄傲,我完全能感受到,那是他耗尽了心血的老屋啊!

父亲说,等天凉一点儿,想请师傅把东屋彻底翻修一下。这也是我的心愿。虽不常回去,总觉得有老屋在,我的记忆和灵魂才有安放之处。

母亲的翻鲞岁月

当年,岛上一到夏天,遍地是鱼鲞,"大水捕黄鱼,小水拖乌贼",晒完乌贼鲞晒黄鱼鲞,铺天盖地,延绵不绝。黑黢黢的乌贼,金灿灿的黄鱼,剖成鲞后,均嫩白如玉,它们在阳光下忽闪忽闪,组成了母亲记忆里那个白茫茫的世界。

晒鲞,就得翻鲞。在海洋资源丰盛的年代,每逢鱼汛期,水产公司忙得热火朝天,剖鲞工不得不连夜赶工,剖好的鱼一大桶一大桶地候着,漂洗后,天一亮便晾晒出来。数不清的竹列子竹地垫铺于地面,其上晒鱼鲞,一张挨着一张,一片连着一片,密密麻麻,亮白得晃眼睛。为使鱼鲞受热均匀,干得更快,也为了晒制的成品卖相好看,每隔一段时间就得翻动鱼鲞,毒辣日头下,翻鲞工犹如巨大白纸上缓缓移动的蚂蚁,他们行进在铺列子地垫时特意留出的间隔里,弯腰、起身、弯腰、起身,像一个个被操控的木偶。母亲便是其中之一。

母亲自十六岁加入青年突击队,种豌豆、小麦、棉花,加高海塘,干得最多的,是到水产公司翻鲞。从家里步行到水产公司需一个多小时,每天四点不到,母亲就得起床,洗漱、吃早饭后,天蒙蒙亮便出发了。外婆家在岛上最西边的岙里,出村后要经过蛮长一段荒僻之地,路的一边是连绵的小山,另一边为大片杂芜的平地,平地再过去就是大海了。那段路,母亲常常走得胆战心惊,尽管有同村的小姐妹结伴而行。天边几颗星星零零落落，山上似有黑影晃过，风一吹，荒草丛"嗦嗦嗦"，真怕会钻出什么东西来，而每个人拎着的袋子偶有碰撞声，像有谁疾步跟了上来，吓得人头皮一阵发麻。袋子里是那一天的午饭，母亲的铝饭盒里装了米饭、鱼干或什锦菜，翻鲞工为了节省时间，多翻鲞多挣工钱，一般就在晒鲞场里匆匆扒完午饭。母亲她们为了壮胆，脚步踩得重重的，故意高声说笑，挨过那一段，天也大亮了。

到水产公司，不容有喘气工夫，母亲便投身到轰轰烈烈的晒鲞翻鲞运动中。先两人一组，搬开叠如小山的竹列子，齐齐整整铺开于地，每张之间留出适当的空位，便于翻鲞。而后，抬出大木桶，刚剖好的鱼鲞一一摆上去，湿漉漉的鲞"滴答答"往下沥水，地面跟下过雨似的，不过，天上那个火球一露脸，顷刻就烤干了。浓烈的鲜腥气味弥漫起来简直跋扈，整个岛上的人都能闻到，多年以后，母亲还时常梦见自己置身于晒鲞场，继而，被那股冲天的鱼腥味熏醒。

头一遍晒鲞叫发水鲞，这个"发"字传神，发扑克牌一样，一爿一爿分配好。水鲞先晒背面，待水沥干，应该也时近中午了，就得翻面。母亲将两根长又粗的辫子左右交叉垂到前面，或者直接拗短，这样弯下腰时辫子就不会捣乱了，再头戴大凉帽，脖子搭湿毛巾，可随时擦汗。组长哨子一吹，母亲迅速走进一眼望不到头的鲞世界，阳光酷烈，在大片鱼鲞上反射出银色的光芒，耀的人睁不开眼。母亲的心里眼里只剩下鱼鲞，低头，弯腰，一爿爿翻过去，翻完一张张竹列子，翻完一张张竹地垫，耳朵里只有脚步声和翻鲞声，时而杂乱，时而齐整。从这一头望去，人像是"嗖地"滑进去的，很快就滑得越来越远，越来越小。太阳卖力掠夺鱼鲞的水分，也卖力掠夺人体的水分，汗液流进眼里，滑进脖子，后颈跟脊背像有滚水泼过，灼热难当，嘴、鼻、喉咙干得冒火，原本凉湿的毛巾成了热烘烘的围巾，母亲顾不得这些，只管向前翻，向前翻……偶尔，眼睛一花，鱼鲞仿佛都游动了起来，激起的小碎浪飞溅如雨。

半天下来，大家都如干渴的植物，蔫头耷脑，急需水分滋养。不讲究，舀起冷水就喝，母亲有时将水倒进饭盒里，搅一下米饭，蹲在地上吃。在水产公司，这算是轻松时刻，边吃边聊，吃完，若有时间，还可以靠着墙打个盹儿。人多，母亲眯不着，她去洗搭脖子的毛巾，擦脸擦脖子，身上衣裤若发现有脏渍，也一起搓干净了，当然还要顺便洗饭盒，动作得利索，否则哨子一响，下午翻鲞开始，难免手忙脚乱。翻鲞可是争分夺秒的事，哪肯比别人慢半步。

乌贼鲞除了翻，还要"做乌贼头"。乌贼鲞经大半天的翻晒，身体部分干得较匀称，暂不用管，唯独头部，需要着重"做"一下——乌贼的两只眼睛充盈了水，得用手撕开，让水流出，乌贼须要一条条分开，整理好，这样晒干了模样才好，模样好更值钱。因为工钱是计件制，总有人贪快，偷了懒，随便捏一下完事，被发现了是要罚款的。这动作不难，但要做得快而好，唯有多练，母亲刚上手时，一撕眼睛手就抖，轻了，撕不开；重了，怕撕裂了整只乌贼，如此战战兢兢，很难不落在别人后头。但她从未想过糊弄了事，观察人家熟练工的手法，边琢磨边练，母亲想的是，生手做得慢正常，不能光惦记工钱，但若做得差就让人看不起了，搞不好还会被辞退。从实践中，母亲慢慢总结出了属于自己的一套方法，一撕，一挑，一抹，轻巧而快速，自然而然，她便从一群翻鲞工中脱颖而出了。

母亲的双手经常有伤，多数拜黄鱼鲞所赐。黄鱼的背部有刺，小尖刀似的，成鲞后，更硬更锋利。每一张偌大的竹编地垫上，黄鱼鲞如瓦片般挨着叠着静默着，那些已然静止的生命却偷偷携带了"武器"，冷不防刺得你痛，刺得你出血，就算戴上棉纱手套也无济于事，"武器"能轻而易举攻破棉纤维，直入肉身。翻个鲞若怕痛怕痒，还怎么干活儿？母亲的原话。她不戴手套，隔了一层，手会不那么灵活，翻起来就不爽利。被刺伤了，她用布胶带随便一裹，继续弯下腰，头部无限接近地面，两只手像上了发条般不停翻，迅疾翻，一路翻过去，旁边的人只看到鲞如同牵了线一样，一叠叠被翻转。这样翻黄鱼鲞，又叫翻地皮鲞，尤其累，有时候，母亲一直起身，顿觉两眼发黑，差点儿一头栽倒。

太阳落山，收工了，连鲞带列子叠起，一层一层往上摞，然后，从外围搭好棚，做成馒头顶，棚用绳子绑起，固定。怕晚上下雨，怕猫狗糟蹋，所有的鱼鲞都得收进棚里，水产公司的地界上，到处是高耸的棚，那是鱼鲞堆成的山。等收尾工作做得差不多，母亲方回家，拖着疲惫的身体步行一个多小时，到家时，星星已停在屋角欢迎她。翻鲞的岁月里，母亲便是这般，日日天黑时出门，天黑时进门。

一天里的几次翻鲞，基本都在阳光最炽烈之时，鲞干得越快，越需要翻动。在烈日之下干活，翻鲞工的着装标配是长裤长袖加帽子，好些姑娘都穿的确良碎花衬衫，翻鲞也要兼顾美。但母亲是舍不得好衣服的，衣裤一律灰色或黑色，且有自己缝的补丁，翻鲞工作很容易钩破衣物，尤其竹地垫，一钩必破，破了就再缝一块。她说穿什么很要紧，束手束脚的会影响干活的效率，翻鲞就是跟时间赛跑，翻得多工钱就多。翻水鲞价格较高，翻完一张竹列子三分半，干鲞只有两分，而晒黄鱼鲞的竹地垫因为面积大，鲞数量多，耗时长，且翻地皮鲞又相对累，价格达到了一张一毛钱。最好的时候，母亲一天翻下来能挣一元多。

晒鲞晒三朝，就是说，同一批鱼鲞起码得在大太阳下连续晒三天。最怕遇到忽晴忽雨的天气，拆开棚，列子地垫刚铺开，天就变脸了，阴沉沉的，紧接着，雨滴毫不客气地砸下来，所有人都冲上去"抢救"鱼鲞，且自动分工，搭棚的搭棚，摞鲞的摞鲞，人淋湿无妨，鲞要尽量护好。那场面，跟打仗一样。可刚收拾妥当，湿了头发和衣服的人们稍稍放松下来，太阳却大摇大摆地出来了，迤迤然挂在那儿，便又拆棚、铺晒……母亲自诩力气大，作为兄弟姐妹里的老大，从小挑水、砍柴、背粮食……搬、抬、摞，总比一般姑娘家强些，组长也夸过她，但如此来回折腾，还是直累得想如鱼鲞那样摊在地垫上。

一些姑娘结婚后，将重心放在了家里头，逐渐淡出了翻鲞工作，然而母亲没有，夫家家底薄，她很看重那点儿工钱。仗着身体好，她甚至在怀孕七八个月时，依然去翻鲞，那可是酷暑之下的高强度工作啊，挺着大肚子一直弯着腰，两只手不停翻动，并迟重地向前挪动……其他翻鲞工看不下去了，纷纷劝她回家休息。母亲说想起来真后怕，万一有个差池，这世上就没有我了……可当时就想着家里马上要多张嘴了，能挣一点儿是一点儿。

直到水产公司解体，母亲才彻底卸去了翻鲞工的身份。母亲感慨，在她最好的年华里，大把的时间都用来陪鱼鲞、翻鱼鲞了，那时觉得苦和无聊，要不是看在钱的分儿上，谁愿意干呢？哪能想到，后来的那么多年里，她会如此怀念那段翻鲞岁月。随着海洋资源急剧减少，黄鱼几近灭绝，曼氏无针乌贼亦踪迹寥寥，根本无鲞可翻了，每每想及，母亲的心上就像扎进了黄鱼鲞背上的那根刺，生疼。

习以成俗

海岛风物志

屋檐下的鱼鲞

海岛人家的屋檐,注定是鱼鲞的居留之所。

"诸鱼薨干皆为鲞",鳗鱼、黄鱼、带鱼、墨鱼、鲳鱼、鮸鱼、玉秃……阳光和风似刀片,削薄了鱼原先丰腴的身子,最终,使得它们以坚挺精瘦的形象悬停于檐下。没有台风的白天和夜晚,无论我打开自家的门,还是从海的那一边匆匆而归,登上码头,拐进村口,屋檐下的鱼鲞总会默默迎向我,犹如那些朴实而重情的乡亲。恍惚了一下,以为岛上的时光停滞不前,就算我出走多年,回来,鱼鲞仍在屋檐下。

对于猫狗,屋檐下的鱼鲞是巨大的诱惑,也是要命的折磨,海鲜的香味明明萦绕于鼻,却任它们怎么跳跃,怎么用后脚直立起身子,都够不着。它们呼朋引伴而来,在屋檐下转悠,来来回回,累了干脆守在一旁,不时抬头望向鱼鲞,眼里有渴望有怨愤,心里或许还存着侥幸,说不定会有一只鱼鲞被风吹落呢。跟世人对不可得之物的心态,多么相似。

而鱼鲞的主人倚在门边,瞧得幸灾乐祸。待阳光轻手轻脚挪出檐下的水泥地,一阵风不慌不忙地吹过,空气变得干燥而凉爽,她便从屋里拖出绿色的渔网,在鱼鲞之下织起网来。半成品的渔网和已失去生命特征的鱼，两种天生敌对的东西竟以这种方式相遇，像极了某种隐喻。很快，邻家的妇人也凑了过来，或织网或打毛衣，三两人笃悠悠说着话，细细碎碎。偶尔，聊到自家出海的男人，聊到收成和渔获，不由看一眼头顶上的鱼鲞，海腥味似乎一下子浓郁起来，心下莫名欣慰。而边上的猫狗不知是攒够了失望，还是瞬间释然了，摇着尾巴懒懒走开了去。

鱼鲞是海岛主妇的底气，突然来了客人，不用慌，先持菜刀割一段鳗鱼鲞，再拿起竹竿，挑下成串的墨鱼鲞、鮸鱼鲞、鲳鱼鲞，捋取几爿，左右手各执一爿，互相拍打，"啪啪""啪啪"，烟尘飞扬。邻人从围墙伸出头：呦，来客人啦，这么客气！主妇笑盈盈答应着，将鱼鲞串重新打结，继续挂到屋檐下。鱼鲞齐整整排着队，依然层层叠叠挤挤挨挨，好似一爿都没少过。正是薄暮时分，远远一望，灰蒙蒙的宽绰的屋檐，灰蒙蒙的静止的鱼鲞，竟有一种淡逸素朴的美。

不多时，从这家的门口飘出了诱人的鲞味，鳗鲞和鲳鱼鲞清蒸最好，鮸鱼鲞加葱红烧，墨鱼鲞可烤大蒜、炒芹菜、炒莴笋，蔬菜自家地里随取，有什么便搭什么，当鲞的鲜醇遇上时蔬的清新，那是舌尖之福。随后，又飘出了说话声和笑声，不免让人想象了一番主人与客人围桌而食的愉悦。

送客出门时，星星已爬上了屋顶，主妇站在鱼鲞下，屋里的灯光从门窗钻出来，散散淡淡，她的身影似被裹上了一层玻璃纱，影影绰绰的。晚风吹过，檐下的鱼鲞齐齐舞动，仿佛应和着节拍，踏步、摇摆、旋身、挤撞，一阵又一阵，像海浪涌动，像涛声阵阵，往来还复，经久不息。

在海上漂泊的人，不知几时可回？主妇进屋，关门，对着灯叹了口气。檐下鱼鲞的挤撞声传来，一下，一下，熟悉却遥远，听着听着，她就入了梦乡。而檐下的鱼都游进了梦里，在船舱里活蹦乱跳着。

码头上的渔网

在岛上，渔网实在常见，尤其码头及码头附近。围网、拖虾网、大捕网、雷达网、流网、拖风网……那些用尼龙、聚乙烯、聚酯等合成纤维织成的网，犹如刚从战场厮杀归来的士兵，累得只想安静地摊于一旁，好好养息。

经太阳一晒，渔网散发出来的鲜腥气味愈加浓烈，那是属于深海的味道。

鱼鳞、虾皮、藻类粘附于网，都在证明，这是过滤过无数次海水的渔网，是见识过无数种海洋生物的渔网，更是捕捞过无数鱼虾蟹的渔网。就在前不久，它刚刚满载鱼获，被从幽暗的深海拔起，竭力将肚里的货物倾吐到甲板后，瘫软一旁。它被鱼噬咬，被钝器割裂，被船沿蹭刮，网线断得横七竖八，网眼撕扯成硕大的破洞，捕捞过程的壮烈，可想而知。渔网上缀了各种浮子。浮子以圆、椭圆、圆柱形为主，大小不一，颜色竟有点儿养眼，米白、奶黄、橘色、砖红、蓝色……这让原本深沉的渔网有了些许活泼的气质。若稍稍留意，会发现浮子上也伤痕累累，有的甚至缺了一块或断成一半，仿佛跋涉了千山万水，还受到过阻击和追杀，与不再鲜绿的灰旧裂破的渔网如此相配。

渔网和浮子犹如一对儿患难兄弟，枝叶相持，相依为命，你牵着我，我依着你，拼杀于茫茫大海，几番恶战之后一起回陆上休养。

补网的渔妇陆续到来，端着小马扎，拎着装满了梭子的篮子，安静地散落在渔网间。她们头上或戴草帽或盖毛巾，提起梭子，拉过渔网，迅速进入了补网状态。能补网的自然是织网中的高手，补网要高于织网，没有固定的模式和方法，得视破损部位破损程度等而定，更多依仗的是经验。渔妇拿着梭子，像医者手执神奇的针，上下翻飞间便疗愈了渔网的创口。她们顶着大太阳，顾不上时间，顾不上身旁的风景，小马扎挪过一段又一段，渔网修补了一处又一处，不知不觉，已从港口处移到了路的那头，而网跟长了大长腿似的，一直跑在前面，渔妇们互相打气：今天补不完，还有明天呢。

修补好的渔网安适地卧于路边，恍然有了种意气风发之态。

渔妇们收工时，几缕霞光仍流连于海面，岸上的渔网亮一截，暗一截，就如它们在海里作业时，有时在幽暗的深海，有时在开阔的浅海海域，有时，在很短的时间里，这两种状态就完成了过渡和转换。

我曾见过月光下的渔网，绿光幽幽，渔港的灯火与月光交错，四处流溢，光斑杂沓、层叠，在渔网上肆意散射。渔网像突然长满了眼睛，有了一副诡异桀骜的表情，完全不似白日里的静默温顺。

老渔民说，渔网会在某一刻活过来，毕竟，有那么多海洋生物的精魂黏着它。

滩涂上的"克篓"

海边人家几乎家家都备有一两个竹篓子。竹篓口小肚大，形如某种坛子，我们叫它"克篓"。在当地方言中，"克"有"掐"的意思，大概意为其口子细如头颈，可一手掐住，克篓这种易进难出的特点，很适合装活蹦乱跳的渔获物，也被不无戏谑地拿来形容吝啬之人。

克篓并不精致，采用基本的起底、编织、锁口工序，因"颈"小，东西不易出来，盖子便显得不那么重要，有的干脆省了，偶尔手指划过篓身，刺刺的，运气不好时还会被刺出血。在它"颈部"系上麻绳，可拎，可挎，可背。岛上的黄昏时分，常有背着克篓扛着扳罾的扳鱼人出没。克篓可以说是扳罾网的配套工具，有人在海边扳鱼，他家的克篓便静候于滩涂，海风从它的经纬交叉处穿过，空篓子像不倒翁那样摇晃起来。扳罾捕鱼，一般是两人，一人拉网，另一人手持抄网，迅速从罾网捞取鱼获，而后仔细地倒进克篓。有个别鱼蟹反抗激烈，死活不肯进篓口，"啪嗒"跳到了滩涂上，试图逃跑，然终究逃不出被囚于克篓的命运。海鲶鱼、鲻鱼、鳗鱼、青蟹等俘虏共处一室，挣扎，厮打，发出一连串窸窸窣窣声，扳鱼人得意地拍了拍克篓，继续下网，毕竟，克篓的大肚子等着被填饱呢。

在滩涂上，克篓是一种别样的风景。扳鱼的、钓鱼的和放蟹笼的，他们的克篓都乖乖候着，大大小小，颜色繁杂，像各种肤色各个年龄段的孩子等着被投喂。克篓的主人偶尔侧过身，用眼神找寻自己的那只，停留那么几秒后，似乎安心了，继续干活儿。

我曾见过一个暗褐色的大克篓，在暮色四合的滩涂。天边最后几缕赤黄隐没于海，远处的几艘渔船被染成了墨色，滩涂空旷无际，纷乱的脚印不知要伸向何方。那个克篓仿佛是突然出现的，没有同伴，孤零零望着海，像滩涂上长出来的一颗大香菇。粗略环顾，未发现它的主人，或许是去礁石后采挖藤壶了吧。大克篓轻微颤动，引起了我们的注意，小伙伴过去用脚踢了一下，这一踢如同按到了开关，克篓剧烈晃动，简直要弹跳起来。我猛地想起了《渔夫和魔鬼》的故事，且想象力泛滥，感觉篓口正冒出一股青烟，飘飘荡荡到空中后化作了一个巨大的魔鬼，浑身涌起鸡皮疙瘩的同时，我的尖叫声响彻滩涂。

但多数时候，我对终年散发着海腥味的克篓是熟谙的，亲近的，外公一有空就会和舅舅们去扳鱼，但凡它从滩涂回来，家里的厨房就成了人间天堂,鱼获虽杂,却都生龙活虎着呢。尤爱大如我手背的青蟹大钳子,煮熟后用刀背敲开,雪白鲜香的肉一露面,口水几乎决堤。美味让人对跟其有关的一切都心生好感,包括克篓。

岛上的少年们爱奔突在刚刚潮退的滩涂,拎着挎着小克篓,不顾泥浆溅满身,到处翻找贝类、螺类还有蟹类,运气好的话,还能捡到乌贼和鲻鱼等。他们快乐地忙活着,克篓越来越沉,肩斜了,腿也重了不少,但心里多么满足且欢喜。

克篓里装的不只满满的收获,还有属于他们的美妙时光。

海塘边的蟹笼

岛上的蟹笼以圆柱形居多,铁质框架为筋骨,撑起柔弱的渔网,立体网面设有引诱口,那是螃蟹的生死之门。蟹笼大小不一,很多人到海塘边放蟹笼,会选择相对小巧的,提灯笼似的提过去。

海塘狭长,一眼望不到头,芦苇一丛丛,风吹过,"簌簌簌",放蟹笼的人来来去去,脚步声与说话声交错,海塘从来不寂寞。放蟹笼者,有渔人,有专门捕蟹卖蟹的生意人,还有的则抱着玩玩的心态,从海里拔上蟹笼,若笼里有数只活物蹦跶,自然高兴,可打牙祭了;一无所获也不失望,继续扔进海里,等待螃蟹上钩。

蟹笼入海之前,须挂上诱饵,饵料越腥气越好,如切碎的青占鱼、鸡肠鸭肠、虾肉虾皮……末了,系紧笼口。蟹笼有两根绳子,海边礁石多,万一绳子被卡住,那么,就可以动用另一根,有备无患。看好合适的位置,放蟹笼者两手攥紧绳子,将蟹笼抛球似的抛进海里,"咕咚"下沉,转眼没了踪迹,而后,不慌不忙将绳子的这一端系在岸上。蟹笼放好后,就没人什么事了,该干吗干吗去,数小时甚至一个晚上后再来查验收成。

海塘边，蟹笼排排坐。蟹笼是安静的猎手，它们在海里默默蹲守，顺便让饵料的气味四处发散，引诱整片海域的螃蟹。螃蟹循味而来，先在笼外观察、打转，见蟹笼乖乖待在那儿，半晌不动，胆子便大了，开始伺机往里钻，于是，就这么中计了，网面的几个口子就等着它们横行而入呢。蟹们钻进蟹笼争食，殊不知，自己已然是人类的美食了，一旦进去，出笼成了妄想。关于网面的引诱口，打蟹笼的人说过，最难就是"扎口子"，要用手指拉，拉不平，线就进不去，好不容易做好了，口子过宽，容易让螃蟹逃脱；太紧，螃蟹则爬不进。特难伺候。一个陷阱的入口，总是令人煞费苦心的。

蟹笼的主人悠然而至，瞄向系着的绳子，瞧不出有人动过，便放下心了。他搓搓手，抓牢绳子，往上拽，还算平静的海面瞬间碎裂，那是一场跟海水的拔河比赛，随着蟹笼出水，已然胜券在握。笼里的水"哗哗哗"掉下，笼里的猎物逐渐清晰可辨，主人的目光热热地贴过去，连路过的人也忍不住驻足。拔上来的蟹笼铁框有锈迹，网线颜色发旧，仿佛有些疲惫，里面的几只螃蟹倒精神甚好，正持螯相斗，蟹笼冷冷看着它们，还折腾个啥，谁赢谁输一个样，马上都是人们的盘中餐了。

晚上涨潮以后，海塘上总有不少拔蟹笼的人，手电筒的光斑忽大忽小，一会儿跃动在海面，一会儿扑倒在岸上。蟹笼被一个个拔上来，散落四处，夜风里夹杂着浓重的海腥味。待从出蟹口倒出了螃蟹，"咕咚"声相继响起，蟹笼纷纷回到海里。过不久，海塘边恢复了沉寂，只有淡淡的月光轻扫下来。而潜于海底的蟹笼，正开始新一轮的捕猎。

渔港的灯火

渔船休憩于渔港，灯火渐次亮起，柔和，迷蒙，像外婆家低瓦数的白炽灯，不算明耀，却温馨莫名。

一艘一艘的渔船，一盏又一盏的灯火，齐齐整整地挨着，灯火连成了一片，不经意间，就描绘出一幅灯火阑珊的盛景图。有时，海上升起夜雾，雾气如渔网那般撒开，笼上了渔港，灯火可不肯示弱，竭力透出光来，那种仿佛从磨砂玻璃后透出来的光芒，赋予了粗粝的渔港一种不可言说的柔美。

忙碌了一天的人们总爱去渔港边散步、吹风、发呆，灯火轻柔地拥围他们，也温情地护送他们。说话声压得低低的，像从遥远的海上飘来，灯光流溢在空气中，丝丝缕缕，用恶作剧般的一闪而过来捕捉各种表情，海风扬起衣袂，优雅地翻了个卷儿。渔港之夜，也可以这般祥和宁静。

一阵隆隆声传来，划破了渔港的静谧。有渔船夜归了，也有渔船出航了，人们循着声音望去，灯火是调皮的孩子，在波涛的怂恿下，一跳一跳地回家，也一跳一跳地走。出航的渔船，将灯火拖成一条亮闪闪的丝带，铺在海面，不过，很快就驶远了，明晃晃的灯火终变成了一个微红的小点，渔港也恢复了暂时的安宁。

而凌晨时分的渔港，是许多人未曾见过的。天空跟海面都像被泼了墨，风浸润了海水的寒与涩，能渗进骨头里。马达声由远至近，一阵盖过一阵，暖黄色的照明灯犹如一个个悬于海上的灯笼，随着渔船的驶行跃动。满载鱼获的渔船或齐头并进，或衔尾相随，进港后跟训练有素的士兵似的，迅速一字排开，渔港霎时灯火通明，映得海面波光粼粼。

渔港喧嚣起来，脚步声，开舱声，说笑声，咳嗽声，重物移动声……黑夜就这样被撕开了一角，尘世的生活气息滚滚而至。渔民们在船长的指挥下，穿着靴子，系着围裙，戴着橡胶手套，将冰冻的鱼获成筐成筐地搬上码头。他们来回往复，紧赶慢赶，得赶在天亮之前，把活儿干完。默默陪伴他们的，只有渔港的灯火，熟悉到令人忽视，却无可替代。偶尔，他们抬眼看天色判断时间，一抹暖色掠过布满血丝的眼睛，如某个抚慰的眼神。

对于一些贩子和家里的执爨者来说，渔港的灯火是一种信号，他们接收到信号，知晓渔船回港了，趁天透着微亮时，便到码头挑新鲜货去。码头上果然躺了一地的海鲜，灯光淡淡地铺洒其上，鱼获和冰块闪着晶莹的光，鱼腥味弥散得无法无天，老远就能闻到。

岛上的老人说过，渔港的鱼腥味相当于家里的炊烟味，越浓越好；渔港的灯火代表着收成，越灿烂越旺。

因为灯火，渔港才有了温度和精神气。

潮涨潮落

涨潮，来势汹汹，浪花赶着浪花，泡沫叠着泡沫，大海滚沸了一般。潮退，千疮百孔的滩涂平整如新，潮水里有一双看不见的仁医之手，无数次抚平滩涂的创口，永不疲累。

海岛人早已视之平常，涨潮、落潮、平潮、停潮、大水潮、小水潮，作为一种自然现象，潮汐的涨落向来参与到了捕捞，出航，生活，甚至被执拗而虔诚地认定，与人或家庭的命运有某种微妙的联系。潮水浸漫过的地方，留下的每一道波纹都像古老的暗语。

陆伯是老渔民，渔业捕捞的潮俗谚语张口即来：退潮泥螺涨潮蟹，大水蛳螺小水虾；涨水七星多，落水虾潺多；十二、十三喜上洋，十八、十九鱼满舱……附近的孩子学去当儿歌唱，他一高兴，表情特别夸张，额上的皱纹如潮水般涌起。

岛上的很多渔民是定置网捕捞起家的，陆伯也是。定置网泛指用桩、锚、船、杆等固定装置敷设的网具，固设于鱼虾的通道水域，潮起布网，潮落收网。网是从容的猎手，从容地等潮流等涨落潮差，从而行半路拦截之事，大大小小的鱼啊虾啊被潮水裹挟着，身不由己晕头转向地投进了网里。这种守株待兔式捕捞作业省力、廉价，但效率低收成差，能捞到什么全凭运气。满怀希望地收网上提，海水纷纷从网眼喷溅而出，剩下的，很可能只是寥寥几尾小鱼，薄如刀片。陆伯有个习惯，潮起时，对着海面双手合十，表情肃穆，没有声音，也不见他嘴唇动，就这样维持十秒左右。有人笑话他：潮水难道与你心意相通，会带来更多海鲜？陆伯"嘘"一声，没有当即回应。

在海岛人的理念里，涨潮是好兆头，涨是兴旺、起势，岛上人家办喜事，如谢年、结婚、乔迁、上梁、办满月酒、造渔船摆龙骨等，必选涨潮时刻，涨潮时便是良辰吉时。陆伯说，当渔民那么些年，不知怎的，一见涨潮心里就有莫名的敬畏。陆伯的渔获并不比其他人多，但只要稍微丰产，就非得分给我们家，父母亲觉得不好意思，他粗粝的大手一挥：一起吃味道才好，下回捕鱼更有动力了。铅桶里，几条奄奄一息的鲻鱼和小海鳗之间，横了只大青蟹，钳子大如孩子拳头，不断抓划着铅桶壁，"哧啦哧啦"，每一下都宣泄着它的愤怒和不甘心。我对上它绿豆般大小的眼睛，亮、锐利，它一定觉得懊丧又无辜，好好地在角落里憩息，海面突然升高，浪潮用上了掀天揭地的劲儿，推着它一阵腾云驾雾，而后，稀里糊涂地进了网，成为人类的盘中餐。岛上有句话：海要涨潮那是天意，没有什么能阻挡。你一只青蟹就认命吧。

定置网网眼小而密，大小鱼通杀，有"断子绝孙网"的别名，对渔业资源破坏大，后来被摒弃是必然。雷达网就没有这样的弊端，对鱼伤害小且产量高。它下面有个大铁锚，稳稳当当固定于海底，浮子如一串巨大而拙朴的项链，勉为其难地扭动身姿，在海面摆成各种造型。旋转构件是雷达网最巧妙的部分，可任由渔网随着潮流涨落作360度旋转，宛如海上芭蕾，水纹一大圈一大圈荡漾开去，海鱼被一大群一大群旋进来，这简直让海洋捕捞具有了某种美感和诗意。旋转的姿势酷似雷达，网具名便由此而来了。陆伯他们又称其为帆涨网，涨潮完毕，起网倒货，随后立即放回海里，落潮完再起网倒货。舟山海岸的潮汐属半日潮，一个太阳日内会出现两次高潮和两次低潮——日涨日落,夜涨夜落,雷达网的收放跟着潮水起落即可。周而复始。这大概是潮水跟渔网最亲密和谐的合作了。

雷达网渔船跟着潮水作业,大水潮捕捞,小水潮回港,大水潮和小水潮相隔15天左右,渔船便每半个月回港一次。当然不是所有的潮水都可以"跟",辨潮水,陆伯是高手:涨潮潮勿涨,渔船莫出洋;小潮像大潮,台风随着到。从前,还是无动力木帆渔船时,航行安全及行进速度完全被风还有潮水所左右,早在那会儿,陆伯就具备识别风象和潮水的本领了,且准得让人叹服,船老大自然高看他一眼,出洋,捕捞,均会与他商议。父亲说陆伯是当船长的料,陆伯额上的皱纹又聚成了海浪,大手一挥:没想过,就惦记着多多捕鱼。

大水潮了,出洋,捕带鱼。陆伯所在的雷达网渔船率先离港,一路难掩激越,跟海风拼起了速度。大海像张蹦蹦床,渔船就是小顽童,在上面弹跳起伏,大海不高兴了,海浪一阵紧接一阵拍过来,"噼啪噼啪",船体毫不客气地回手、冲击、击碎,阳光下,海浪的碎块儿都成了彩色的水晶。

下网,正式捕捞,渔民们反而变得沉静,在海上讨生活,天时地利人和缺一不可,每一网都承载着沉甸甸的希望。网随潮流转,渔民的心随着网转,潮水涨落完毕,第一时间收网。这样就注定他们不可能有正常的作息,夜里潮水一涨一落,再困也得候着。陆伯扯开嗓子:收网喽!众人排起队,拉网,喊收网号子,动作和声音都整齐划一。彼时即便下暴雨落冰雹,也绝不能耽搁。

收网是个高强度体力活,须手快,注意力集中,若稍走神,动作一凝,网就会打结,严重的还会被船的飞轮绞到。终于,网袋从幽暗的海面缓缓升起,像闪着银光的热气球。无数条锃亮的带鱼极不情愿地交缠、堆迭于一起,将网袋坠成了一个硕大的"鸭梨"。

松开网口，"嘭""轰"，船体被砸得摇晃了下，原本挤成一大团的带鱼如月光倾泻下来，铺满了整个甲板，唰地照亮了黑夜和眼睛。若从远处的船只望过来，还以为此船堆满了银子。在渔民的眼里，那的确是银子，舟山近海深海区拥有品质最好的野生带鱼，而雷达网恰好只能在那一片作业，故雷达网带鱼被誉为"带鱼中的爱马仕"，相比其他带鱼，它个子小、头小、眼睛小，而身材丰腴厚实，最关键的是其口感，肥美鲜嫩远非"钓带""网带"之类可比，纵然价格卖得再高，人们也趋之若鹜。

着雨衣裤的渔民们脸上笑意浓浓，收成不错，可解疲困。深夜的海上凉意沁骨，陆伯紧了紧他那古旧的卡其上衣，快乐地喊了一嗓子，布满血丝的眼睛里映着闪闪星光。

网袋重新入海，陆伯他们戴好橡胶手套，蹲在甲板上，用最短的时间分拣带鱼，放入冰舱，以保证回到岸上鱼货足够新鲜，也是为下一网带鱼腾出地方。涨潮一网，落潮一网，渔船上的时间，有时候快如穿过甲板的风。

捕雷达网带鱼时节，陆伯一回港，他家飘出的都是带鱼香，清蒸带鱼、糖醋带鱼、萝卜丝带鱼羹、香酥带鱼，还有院子里挂着的风干带鱼。我们去美餐一顿后，免不了由衷感叹：当渔民真好啊！

作为海员，父亲的捕鱼经验甚少，但他对捕捞是心存爱恋的，不然不会一有空就拎起蟹笼直奔海边，捞点儿小海鲜过瘾。陆伯邀父亲去海边碶门（闸门）口扳鱼，父亲自是欣然而往。扳鱼用扳罾，这种网具比较古老，陆伯用几根毛竹一片网衣自制而成。待潮水落潮，赶到碶门口，扳罾网的四根毛竹撑开成"X"形，另两根粗一点儿的毛竹作为撑杆，插在岸边。网具慢慢下沉，潮水"咕咕"作响，陆伯说这声音好听，像大黄鱼的叫声。网静卧水底，人静候岸上，均不露声色。陆伯凭水面的蛛丝马迹，或听到的异样声响，决定是否起网。那些鲶鱼啊鲈鱼啊虾啊哪料得到,刚刚还优哉游哉,瞬间便腾空而起,被一网端了。

去扳过几次鱼后,父亲有了瘾头,见着陆伯就问:"退潮了,去硬门口吗?"

潮退了,退得远远的,类似一种人生,轰轰烈烈地来,无声无息地走。海边忽然安静下来,辽远而空阔。潮水在沙滩上留下的波纹,以清晰、均匀的姿态向远处漫延,它们一定在某处戛然而止,像一场不得不中断的自言自语。

打破安静的,是一群少年。他们奔驰在滩涂上,如马儿奔驰在草原,不顾泥浆迸溅,四处翻找蛤蜊、蛏子,还有蟹类。他们对泥螺不感兴趣,指甲盖那么点儿大的东西,一颗一颗捡,得捡到什么时候。有备而来的,腰上还别了把小铁铲,用铲子刨开泥涂,黑泥油光闪亮,一股更浓的海腥味加腐烂味冲进空气里。挖开的浅坑形状大小各异,不多时就被渗出的海水注满。蛏子和蛤蜊是体弱怕羞的小媳妇,只会在自己的窝里(洞穴)上下移动,受惊时,也只能迅速缩入洞内,只消铲得深一些,多半在劫难逃。

很快,少年厌弃了互动性差的贝类,盯上了生猛的招潮蟹。招潮蟹挥舞着火红色巨螯走过,像扛着一面红旗,一个趔趄,跌进浅坑,以巨螯作支撑,它做了好几个仰卧起坐,却依旧如故。少年围着它,偏不捉它。它靠着坑壁,四下试探,将身体转成陀螺,坑壁伤痕累累,泥坑里浊浪翻滚,它是怎么翻身并跑出坑的,少年竟没有看清。追蟹时,凉鞋陷在了泥涂,还撞上了捡泥螺的妇人,妇人"哎哎"两声,摇晃了好几下才站稳,小塑料桶被紧紧抱在胸口,捡了两小时的成果,可不能糟蹋了。少年望见那只招潮蟹,在钻进洞口前,示威似的举起大螯,就像潮水刚退下时,它们总是最先爬出洞穴,面向大海,挥螯舞蹈。这个动作被人们理解为召唤潮水的到来,招潮蟹就此得名。

招潮水一说主要为满足人们戏剧化的想象，不过招潮蟹的确能感应到潮水，每当潮水到来前 10 分钟左右，无论招潮蟹正从事什么活动，它们都会停止，并迅速返回洞穴，用泥沙、土块、石头封住洞口。对于这一神奇现象，陆伯神秘一笑：同样世代生活在海边，我们能掌握潮汐规律，人家蟹类当然也可以。

科学解释说，招潮蟹为适应潮汐变化，体内逐渐有了自己的生物钟，体色深浅依照昼夜节律循环变化，行为则跟随潮水涨落，涨潮时停于洞底，退潮后到海滩上活动、取食、修补洞穴。不知道几亿万次的潮涨潮落，才"训练"出这样的招潮蟹呢？在自然界，时间太辽阔，以至无涯。

夕阳投身于海，绚丽的流光逐步从海面消散。海边的人更多了，那些采挖藤壶的人都慢慢上来了，从陡险的礁岩背后。藤壶生活在海礁峭壁的潮水位以下，潮水涨落幅度越大，礁石便显露得越多，那里藤壶集中且尤其鲜肥，采挖人一点一点爬下去，以趴、蹲贴等姿势固定好自己，用特有的工具将它们一个一个敲下来。这是项危险的工作，天色变暗或风变大，须立马上来。

人们迎着海风，互相打着招呼，问各自收获几何，口气是松散而满足的。他们像是回到了生命的原初状态，变得简洁、透明、无忧，薄薄暮色里，海、滩涂和人成就了一幅独特的剪影画。

此刻，大海静默、平宁、幽暗，人们知道，过不了多久，下一场涨潮就会到来。

旧年立夏

立夏是在一阵蛙鸣声中到来的,屋前的蜀葵转瞬涨红了脸,像挂在莹莹胸前的那枚红蛋。

我们的立夏蛋都是素颜,唯独莹莹的浓妆艳抹。她的蛋套也别致,金黄色开司米钩织而成,是一条金鱼,尾巴散开,还用黑色珠子做了眼睛。我的蛋兜是母亲前一晚编的,用彩色长命线,红橙黄绿紫青蓝等随意组合,四到五根线为一股,系在椅背上起头,几股彩色的线交叉、打结,一个小网兜即成,刚好能装下我的鹅蛋。鹅蛋是母亲特意买的,两个,我和弟弟各一个。

立夏的囫囵蛋一般大清早就煮好了,盛于大瓷盘,浅褐的鸡蛋,淡绿的鸭蛋,玉白的鹅蛋,莫名觉得清爽而婉约。蛋是舍不得一下子吃掉的,得装进蛋兜挂于颈上。挂个蛋如戴了贵重的项链,小人们变得矜重起来,当然不能像往常那样疯玩了,好端端的蛋要是磕碎了,还怎么跟人拄蛋?

拄蛋是立夏节的大事,三两个小人先接头,各自慎重地从蛋兜里取出蛋,两手握蛋,只露出个蛋尖,蛋尖碰蛋尖,差点儿两脑门也碰上,随着一声"嚓",欢呼声与惋叹声同时响起。周边的小人按捺不住了,仿佛蚂蚁闻到了蜜香,纷纷黏了过来,自觉分成几组比赛。大人也会来瞧热闹,夸张地跺几下脚喊着加油,搞得全场气氛热烈非常,参赛者情绪一高涨容易手心出汗,几乎要握不住蛋,只得匆忙在衣服上擦一擦再上阵。

胜了的再找对手，败了就吃蛋。岛上有句老话，"立夏吃个蛋，力气长一万；立夏不吃蛋，上坎跌下坎"，无论胜负，必须吃个蛋。平时，有的小人娇气，或不吃蛋黄或不吃蛋白，但立夏当日，都乖乖吃下整个蛋，我们坚信，只有吃下整个蛋，"力气长一万"才会灵，谁不希望自己力气大一点儿呢？多年后读到周作人的《儿童杂事诗》，写绍兴的立夏，"吃过一株健脚笋，更加蹦跳有精神"，立马想起了老家的立夏蛋，不禁莞尔。

莹莹宝贝她的红蛋，只观战，不参与，我们偏要朝她嚷，"来拄蛋呀，来拄蛋呀"，莹莹便用手托起红蛋，低头瞧一眼，然后摆摆手，往后退。我们不依不饶，"不敢是吧？肯定是个好看不中用的蛋"，"新娘子才有红蛋呢，莹莹想当新娘喽"，莹莹的脸跟红蛋一样红，我们咯咯咯笑，特意笑得很大声。

立夏那日的午饭总比平日早，各家的大人要么站在院子里要么把脑袋从窗子伸出来，喊各自的娃回家吃饭，竞赛似的，一声高过一声。母亲已经把菜端上了桌，笋烤肉，醉鱼鲞，炒倭豆，软菜羹，香味长了翅膀，飞出了门口。饭是豇豆煮糯米，豇豆黑亮，糯米晶莹，母亲边给我和弟弟盛饭边说"多吃点儿，就算夏天不小心吃到苍蝇也不会肚痛了"，但奶奶却说，吃豇豆糯米饭是为了眼睛清澈明亮，看豆子，黑亮黑亮的，以后去打鱼，什么鱼都逃不掉。不管它，埋头吃就对了，那么好吃的饭平时想吃也没得吃。

我不爱吃软菜，主要受了"立夏吃软菜，背脊像门板"那句话影响，背脊像门板，意即挑得动担，干得了重活，身体健壮，可女孩子背宽不好看的呀，更不适合穿花裙子。王家道地的阿青婶，肯定吃多了软菜，肩背宽又厚，整日穿得跟男人似的。我正对月饼盒上的美人着迷呢，纤细，柔美，从没见哪个美人背脊像门板的。我怂恿弟弟多吃软菜，男人就应该壮壮的，长大了可以多干活。但母亲又有了新的说辞，吃了软菜，夏天不会生痱子，皮肤会像软菜一样光滑，而且可以免除蚊虫的叮咬。这就让人为难了，我也很想皮肤滑，不被蚊虫叮咬啊，那就稍微吃一点儿吧，不敢多吃，怕脊背宽。后来听莹莹妈说，软菜只有不切碎，整个叶子煮着吃，才会背宽，健硕。我这才彻底对软菜放下戒心。

关于软菜，还有个听烂了的故事。据说南宋时，金兵入侵中原，康王赵构为了逃避金兵，从临安（今杭州）到明州（今宁波），跨洋过海逃到昌国（今舟山）。赵构刚刚弃舟登岸，金兵就尾随而来，他慌不择路，直接从蔬菜田里踩踏而过，把蔬菜踩得面目全非。谁知当天夜里下了一场春雨，这田里的蔬菜第二天居然就恢复了原貌，且长势喜人。于是，民间就把这种蔬菜称为"御菜"，"御"在本地方言里音同"软"，所以我们就叫"软菜"了。

小时候听得似懂非懂，反正这菜跟皇帝有关就对了，上初中时偶然得知，"御菜"是有学名的——"莙荙菜"， 莙荙，君踏，帝王踩踏过的蔬菜，还是逃不过皇帝去。立夏吃御菜便又多了个祈望，如御菜那般具有强大的生命力，终年生机勃勃，体力充沛。

不知道谁喊了一声，"称人嘞"，外头开始骚动。小叔提着一杆大秤进了院子，后面跟了一串小尾巴。小叔说我家的屋檐坚固，适合挂大秤，称体重。称钩大得跟锚似的，胆大的抓住秤钩，提绳中间穿过一根毛竹，两个大人一提，秤杆上挂上大秤砣，体重就出来了，有两个小青年抓着秤钩荡来荡去，称完了还不肯下来。小人通通被装进箩筐，箩筐两边穿了麻绳，麻绳往秤钩上一挂，大人在边上报数，"某某某几斤"，小人跟货物似的，一个倒出来，另一个翻进去，边上的人全都嘻嘻哈哈瞧着。有的小人超级"严格"，对着伙伴喊，"把你挂的鹅蛋拿下来，那个很重"，哄笑声四起。

在岛上，立夏称体重为求免除疾病，防止"疰夏"，即顺利度过炎夏。而我总是问大人，称人能不能防止"疰浪"（晕船），我实在太会疰浪了，一坐船就晕，晕了就吐，大人们就会拍拍我的脑袋回答，平时多吃饭，每年立夏称人，身体越来越棒，慢慢就不晕了。事实证明，身体好的时候确实不容易晕船，大人也不算诓我。

立夏称人的习俗可不只我们岛上有，有诗句为证，"时逢立夏出奇谈，巨秤高悬坐竹篮""立夏秤人轻重数，秤悬梁上笑喧闱"，各地称人的方式相似，寄托的愿望也差不多——祈求平安、健康，多么现实而朴素啊。

母亲告诫，立夏不能午睡，也不能坐门槛，否则整个夏天甚至一年都会昏昏欲睡，疲倦多病。午睡不算事儿，我本就不午睡，可忌坐门槛这一项让我很紧张，我平日的多数时光是在门槛上度过的，翻连环画、吃零食喝水、听奶奶讲故事、和小芬给娃娃缝衣服，还有看小叔刨木头，刨花粗粗细细，没多会儿就海浪似的涌到了门槛边。我太习惯坐门槛了，怕一时忘记，不小心坐了下去，那就得坐满七根门槛才能解除禁忌，家里又没那么多门槛，得去别人家借门槛坐，虽是小人，也觉得这样不体面呢。想了想，便把家里有门槛的门都关了，以防"误坐"，在立夏那日。

这个事经由母亲的嘴传了开去，常有婶子阿姨逗我，"我家门槛多，借给你坐好不好"或者"关门没用，应该把门槛锯掉知道吗"，我送她们每人一个鬼脸，心想，以后要造个大房子，有七个甚至更多门槛的那种，可以随便坐，别家的人要是犯忌了，也可以借给他们，多好。

怎会想到，后来的房子基本找不见门槛的影儿了。

从前的渔村，在立夏的众多习俗里，还有个独属于女孩儿的——穿耳朵眼儿，很有一种仪式的意味。有这样的说法，立夏日穿通的耳朵眼儿不易长回去。穿耳朵眼儿由一些年长的老婆婆担任，她们将缝被子的针用火消毒，备着，跟女孩儿聊着天，边揉捏她耳垂，和蔼慈祥如亲奶奶，聊天主要为分散其注意力，待耳垂捏得麻木时，用针快速穿透。也有哄孩子吃鸡蛋，当她张口咬蛋时，一针穿过去。有了耳朵眼儿，意味着以后可以穿金戴银，是个富贵的人。

莹莹和小芬穿耳朵眼儿比我早，问她们穿耳洞疼不疼，她们说不疼，跟蚂蚁咬一下一样。我缠着母亲要穿耳洞要戴耳环，母亲应允，十岁的立夏节就去给我穿。

那个立夏的傍晚，母亲将我带至小学旁的一间老屋，两截木门被雨水冲刷得近乎灰白，上截门打开着，往里看，人还不少，夕阳从半截门斜斜地探进屋子里，能看到悬浮于空中的灰尘颗粒。一个婆婆坐在桌旁，抬头向我们微笑，一缕夕晕刚好打在她的脸上，恍惚赋予了她某种神性。

屋里陈设简陋，但非常整洁，桌子上摆了瓜子、花生和白煮蛋。好几个跟我差不多大的女孩儿，或坐或站，有的手里还攥着五色长命线，才明白，穿耳朵眼儿还要排队呢。婆婆抓起一把花生塞给我，让我边吃边等，而后，她继续给一个女孩揉耳垂，用左手，右手拿着针呢，针眼后拖了条长长的彩色长命线。我走了个神，女孩儿的耳洞就穿好了，长命线在耳下结成一个环，留出一段线，小流苏似的，像戴了五彩的耳环。轮到我时，婆婆照例跟我说话，揉我耳垂，忘了都说了什么，总之，我没有一点儿抗拒害怕之类，不知不觉间就穿好了耳洞，果真像被蚂蚁蜇一下那样，不疼。

据说得把穿耳朵眼儿的长命线烂断，洞眼才会正式成为身体的一部分，并将永久存在。之后，我经历了发炎、红肿，耳朵变得肥厚且像要翻转过来，疼得睡不好觉，真应了岛上一句话，"要好看，活受罪"，母亲用一种白色小药片，碾碎，再加蓝药水搅拌，每天给我涂敷。后，痊愈。

　　事实上，从小到大，我就戴过一副耳环，小阿姨买给我的，葫芦状，一紫一黄一大一小两个圆珠子串一块儿，弹珠糖似的，稚趣、别致。我戴给莹莹和小芬看，戴着去上学，想象自己一戴上耳环就跟月饼盒上的美人接近了，大概就是"腰若流纨素，耳著明月珰"或"披罗衣之璀粲兮，珥瑶碧之华琚"那般的感觉了。

　　长大后，发现自己并不喜欢耳环这种首饰，总感觉一不小心会流于俗气，且徒增耳朵的负担。可我忘不了十岁那年的立夏，从婆婆家出来，晚霞如彩缎，覆于远处的山顶，风，轻盈盈的，暖醺醺的，我轻晃脸庞，彩色长命线结成的环在耳下摇曳。一个小女孩儿，怀揣着如愿以偿的雀跃，朝着想象中的美好奔去。

风吹艾蒲香

坐在箩筐里像坐小舢板,晃来荡去。太阳愈发热情,将无数根金灿灿的线抛下来,我有点儿蔫,抬头望母亲,一抹水红色正从她脸颊洇开,鼻尖沁出的汗细密、晶亮。母亲起了大早,包好粽子,用大锅蒸熟,一担箩筐一头装粽子和糕点,一头装我跟水果,挑往外婆家。

儿时,觉得去外婆家的路途真是远,箩筐跟摇篮似的,一路摇呀摇,我就在半路睡着了,醒时已在外婆家的院子里,一股辛辣、豪放的奇特芳香钻入鼻孔,我用力伸了个懒腰,身体轻盈起来,眼睛骨碌碌转。地上躺了艾草和菖蒲,边上的镰刀沾有新鲜的植物汁液。外婆的菜园里就有艾草,跟青皮瓜相邻而居,在阴凉一角自顾自生长。而菜园旁的水塘里,菖蒲如士兵,一株株挺立,英姿矫健。扁而狭长的菖蒲叶子软剑一般,风吹过,飒飒抖动,水塘成了练兵场。外婆移植了几株菖蒲至院墙下,长势奇好,绿油油地招惹人们的眼睛。

外婆抱我到小竹椅上,从堂屋搬出一条斑驳的方凳,马上,凳子上多了个蓝边瓷盘,褪去笋壳叶的白米粽玉立其上,白砂糖雪一样撒了一圈儿,咬一口,热乎乎软糯糯,碱水与米香混合的味道漫过舌齿,我毫不客气地吃个精光。才发觉瓷盘旁变戏法似的出现了荔枝干和高粱饴,母亲说,这是你外婆不知道藏了多久给你留的。

外婆头搭蓝白宽条毛巾,穿浅灰斜襟衫,细致地将艾草和菖蒲分成好几份,与母亲一起挂在门和窗上,东屋、西屋、堂屋概莫能外。菖蒲与艾草相依相偎,蒲剑艾旗,浓香四溢,我翕动鼻子直呼太香了,外婆笑眯眯地拍了下木门,蚊虫啊各种坏东西啊都进勿来嘞,囡囡放心住外婆家吧。

院门外突然喧哗起来,隔壁的麻子婆婆声音最响,哎哟,毛脚女婿挑端午担来喽!挑担的年轻人几乎是被左邻右舍前呼后拥着进的院子,婆婆婶子们伸长了脖子往担子里瞄,嘴里说着毛脚女婿真客气,脸上的羡慕之色慢慢荡漾开来,像环形扩散的涟漪。英子阿婆叹了口气,还是有女儿好啊,筐子里的大白鹅很配合地"嘎嘎"了一声。英子阿婆生了四个儿子,她总遗憾自己没有女儿命。外婆忙上前招呼,累坏了吧?停下停下,喝口水。有人窃笑,丈母娘心疼了。那个我称为二姨父的年轻人掩不住眉梢的喜色,忙不迭掏出一把糖,分给我和在场的几个小孩,而后接过他准媳妇也就是我二阿姨递去的毛巾,胡乱擦了两把,又把扁担按回了肩膀,稳稳挑起,进了堂屋。

端午担货色真是不少,除了大白鹅,还有大黄鱼、蹄髈、粽子、米团,各色糕饼等,外婆菜园里的时蔬每每会参与到一年中的各个节日,端午便是茭白,黄瓜,豌豆,蒲瓜,那日的午饭自是可想而知的丰盛。外婆让我们围坐于大圆桌恣意享用,自己则系着围裙忙进忙出,那些细碎又古远的端午习俗只有她能操持。

银灰色锡壶摆上了桌,一只白瓷酒盅相伴于旁,那是外公在世时常用的酒盅。外婆双手托起锡壶,倾斜,浅黄色液体从壶嘴流进酒盅,酒盅一下就满了。原以为外婆要坐下来跟我们一起吃饭了,未承想,她竟站着端起酒盅,一口喝了。我有点儿发怔,外婆平日里虽会喝点儿黄酒,但都是一小口小口抿,从没像这样豪饮啊。未等我回过神,她已鼓着腮帮子快速离开饭桌,朝屋子的角落喷了一口，另一个角落也一口，转回来，继续含浅黄液体于口中，"噗噗"地喷向插于门窗的艾草和菖蒲，艾草和菖蒲微微抖了一下，似乎抖出了更多的香气，轻轻松松就压住了酒味。

才知道锡壶里装的可不是黄酒，而是加了雄黄的烧酒，外婆说，雄黄酒洒一洒，家里就很干净了。说干净两字时声音特别轻，表情有点儿诡秘。难道本来不干净吗？外婆一直把屋子收拾得很清洁呀。二姨父递给我一块花生酥，眨眨眼说，外婆的意思是这个雄黄呀，能杀菌杀虫，还能解毒驱秽避瘟。我听得半懂不懂，我只知道电视里，雄黄酒能让白娘子现形，从大美人变成大白蛇，很是恐怖。我也想学外婆那样，嘴含雄黄烧酒喷死那些蛇虫，外婆一把揽过锡壶，眉间的皱纹快速跳了一下，囡囡不可以学，万一咽下去会要了你小命的。却又倒了一点儿出来，手指蘸了蘸抹在我前囟门上，边抹边念了一句什么，大概是保佑、长生之类。

外婆总算坐了下来，母亲给她倒了一点儿黄酒，这回真是黄酒了，外婆轻抿几口，夹了几筷素菜（外婆常年吃素），便起身说饱了，上午吃的粽子还没消化呢。她快步走出屋门，回来时手里端了竹匾，边走路边用手翻里面的蚕豆，蚕豆颗颗饱满，没了新鲜时的嫩绿色，而是旧旧的古朴的绿，晒了一上午，摸上去热烘烘的。蚕豆当然也是外婆自己种的，春天时留一些晒干，专门用来炒端午蚕豆。在岛上，小孩都要在端午吃炒蚕豆，老话说过，炒蚕豆就是"炒虫蚁"，吃几颗就不会被虫蚁叮咬了。

外婆又在灶间忙开了，灶灰堆还有未熄的火星，用烧火棍挑起，加点儿柴，"呼呼"吹气，很快，火就烧起来了。大铁锅里倒入沙子，炒热，再加入粗盐一起炒，最后放蚕豆，用铲子反复地炒，"嗤嚓嗤嚓"，白色热气不断上蹿，包裹住外婆的半个身子，她浅灰对襟衫的后背湿了一大块，像不小心被谁泼到了水。终于，"嗤嚓"

声中夹杂了一连串的"哔剥哔剥",那是蚕豆壳开裂的声音,蚕豆的香肆意跳了出来,到处撒欢。

起锅,将炒熟的蚕豆倒入筛子,筛掉细沙,外婆选一部分装进搪瓷碗,吹了又吹,确认不烫了才递给我。拈一颗丢进嘴里,咬掉壳,"噗"地吐出去,蚕豆肉"嘎嘣"脆,嚼得满口香。隔壁家的小孩倚在门框,轻呼我名字,我赶紧抓了两把炒蚕豆揣兜里,欲出去玩,外婆连忙叫住了我,从房里拿出一个四四方方的小东西,黄色,棉布做的四角小包,比大衣上的纽扣大不了多少,用红绳系着。外婆将它挂在我脖子上,像戴一条项链那样。我掂了掂,很轻,里面是什么呢?

后来发现,其他小孩也有,大家小心翼翼地将自己的"平安符"摊于手心,比谁的更大一点儿,谁的更重一点儿,我们并不懂那到底是什么,却莫名觉得它神秘而应致以敬虔之心。

相较之下,香袋的外观要漂亮多了,且鼓鼓囊囊的,老令人有拆开一观的欲望。傍晚时分,外婆坐在廊檐下,身旁方凳上的家篓篮满满当当,布料鲜艳,五彩线一小束一小束,繁华得让人移不开眼。待阳光轻手轻脚地全体挪出了院子,外婆的香袋也制成了,桃红绸缎,形状颇像粽子,收口处垂下一颗墨绿色的珠子。不知道外婆在里面装了什么,香气丝丝缕缕飘出来,淡淡的,很好闻,据说可以"驱五毒"。外婆还在我的右手腕系上了五彩线,岛上称五彩线为长命线,以祈求压邪避毒,长命百岁。长命线最好一直戴到七夕那日,剪下,扔到屋顶,让喜鹊衔去给牛郎织女搭鹊桥。

端午的天似乎黑得尤其慢,从浅灰、深灰再到漆黑简直费了好大的劲儿,我等着泡澡呢,用艾草叶。外婆说,天黑了泡最管用,泡过之后全身皮肤香香滑滑,不会得皮肤病,蚊虫也绕道飞。洗净的新鲜艾叶加大量水,在大锅里煮沸,晾成温水后,倒入大木盆。

外婆将光溜溜的我浸入水中，不停地撩水，在我身上轻拍，仿佛暖风吹拂，我都快睡着了。

不知过了多久，我被抱到了床上，西屋的外婆的床。一把蒲扇在我身旁摇呀摇，夏夜的风从窗户轻轻吹进来，艾草和菖蒲的香气亦不管不顾地飘了进来，很快，我就入了梦乡。

人间七月七

院子里,奶奶三五下就生着了煤球炉,摇着蒲扇说,今日七月七,牛郎织女要在天上相会喽。周遭的薄雾尚未完全褪去,若有似无地浮着,恍若有谁拖着轻纱在空中玩耍。心想,这日子果然不一般,仙气缭绕呢。

问奶奶天上到底怎么个情景,她卖起了关子,只说等晚上了自己去听吧。正想纠缠,小芬她们在矮墙外喊开了,去摘槿树叶啦,等太阳出来就摘不到露水叶了。

槿树个头低矮却青翠繁密,在岛上比较常见,路边、田埂边、屋前院后、菜园子的篱笆,身影处处。到秋天,它们会开花,淡紫色或粉红色,状如喇叭,一副素淡家常的模样。不起眼的槿树自有它一年一度的辉煌期,每年七夕一大早,就有姑娘婶子等挎着竹篮子拎着小铅桶,争相采摘槿树叶。树叶以沾有露水的嫩叶为佳,娇滴滴,鲜灵灵,能揉搓出更多的汁液。小孩们爱凑热闹,跟在大人屁股后面,不时踮起脚尖揪下几片叶子,装进塑料袋。没东西装的,干脆塞进衣裤兜里,好像摘下来的不是树叶,是钞票。小芬机灵,一手将裙摆捏起,另一只手快速摘树叶,摘下的叶子被裙摆牢牢兜住,满满当当的。她一走路,树叶发出窸窸窣窣声,看我没摘几片,大方地送了我一半。

采摘来的槿树叶冲洗一遍后,浸泡于清水,可以分多个脸盆泡。

傍晚时分，每户人家的院子都热闹起来，大人小人开始捞起槿树叶不停地揉搓，盆里的清水变得黏稠而稚绿，细白的泡沫你推我揉挤破了头，去掉碎渣即可擢发。当年并未觉得用槿树叶洗发有什么特别，只知道每年七夕都得这样，且只有女性才享有此福利，无论垂髫幼女、豆蔻少女、中年妇人，白发老媪一律散开发丝，哗啦哗啦用槿树叶的"汁水"洗头。洗完之后，头发顺滑如丝，亮得像打了蜡，更有一股淡淡的清香，那是植物特有的香气。怪不得奶奶说，"七夕槿叶洗次头，一年到头勿会臭"呢。

老人们总会讲起岛上的一种传说，七月初七，牛郎挑着担子到鹊桥跟织女相会，担子一头是他们的孩子，另一头则是牛郎积攒了一年的饭碗，织女边洗碗边诉说相思之苦，泪水从鹊桥上飘落，洒在了凡间的槿树叶上。七夕那天，用槿树叶洗头，不仅可以得到织女的保佑，未婚女子还能尽快找到如意郎君。

槿树叶洗头，数小芬最起劲儿，人家洗一遍两遍，她非得洗三遍，一头浓密的长发亮滑得苍蝇都可以在上面溜冰。大伙打趣道，小芬这是急切地想找如意郎君呢！平日里，她对戏比较着迷，时不时地走个移步、碎步之类，张口便是相公小姐丫鬟，还披上纱巾哼哼唧唧扭来扭去。大人们说她早熟，我们却觉得蛮好玩，还屁颠屁颠地给她"搭戏"。

小芬才不在意别人怎么说，转身就去洗那块三角形状的石头，用来捣指甲花。七月七，染豆蔻。对小女孩而言，这可比找到如意郎君有诱惑多了。指甲花又叫凤仙花，我家院子里就有，是妈妈专门种的，粉红、大红、紫色、粉紫，开得热热闹闹。我和小芬挑颜色最艳的摘，一瓣一瓣落进缺了口的大碗里，待红红紫紫盛满一大碗，加入白矾和一种叫"瓜子海"的卵形草叶，用那块三角形石头捣成糊状。恨不得立马包在指甲上，奶奶却把那碗凤仙花糊藏了起来，说晚上才能用。为什么要等到晚上呢？奶奶指了指天上，能看到牛郎织女星时包指甲，许的愿最灵。

夕阳遁去，远处，山的轮廓变得茸茸的。隔壁院子里传来清脆的笑声，如铃铛声在空中飘荡。和小芬贴在墙边偷瞄，只见院子里放了一张小圆桌，桌上摆有西瓜、葡萄、花生、瓜子等，几名少女围坐于一起，说说笑笑。她们发育得刚刚好的身子被漂亮裙子包裹着，用槿树叶洗过的头发在肩头轻快地跳跃，空气清新而甜腻。

她家是新搬来的，不甚熟悉，所以当那个邻居姐姐发现并邀请两个小小的"偷窥者"一起过去坐时，我有点儿难为情。但小芬可不，大大方方地坐上去了。姐姐和她的朋友们不时抬头，说着快了快了，忍不住问，在等什么呀？她们嘻嘻一笑，齐声答道，等月亮，等星星。

天黑下来是一忽儿的事，明月朗朗，星星亮得晃眼睛。姐姐们兴奋起来，站起身仰起头，手指着星空的同个方向低呼，织女星，织女星！可以拜织女了！七夕要拜织女，我第一次听说。想到奶奶拜菩萨，不是跪蒲团就是双手合十念念有词，姐姐们却重新坐下，若无其事地吃着水果，偶尔朝着织女星方向默默看一会儿。我和小芬有些懵，瞧瞧这个看看那个，又不好意思问，邻居姐姐猜出了我俩的心思，轻拍着胸口说，这叫默默祈祷，织女是仙女，我们的心事，她都会知道的哦。这样……那我也要祈祷呀！想到这儿，我轻轻咳嗽了下，尽力坐得端正，准备跟着姐姐们学，奶奶却在这时喊我，让我回去包指甲。

奶奶已准备好叶子和缝被子的棉线，捣成浆的凤仙花正闪动着神秘冶艳的光泽。至今都不知道那是什么树的叶子，宽宽的韧韧的，舀起一小勺凤仙花覆于指甲上后，用此树叶包住，一片包一个指头，然后用棉线扎好，乍一看，活像每个指头上都长出了个小粽子。奶奶给我包完一只手，又给小芬包，月光下，她的老花镜一闪一闪，像故事里下凡来试探人心的神秘老婆婆。奶奶边包指甲边讲牛郎织女的传说，依旧从牛郎藏起织女的衣物讲起。这个故事我以前听过，也是奶奶讲的，但仍然听得出神。弟弟和阿波不知道什么时候凑过来的，阿波还插了句，说他家的那头水牛搞不好也是头神牛呢。我们故意顺着他说，是啊，搞不好你还是牛郎呢。奶奶包指甲的动作顿住，乐得老花镜滑到了下巴。

弟弟和阿波伸出黑乎乎的手，跟奶奶讨要指甲花，也想包两个指头玩玩，奶奶竟答应了，说七夕涂了指甲花，女的不会发红眼病，男的会拘河鲫鱼。奇怪，为什么是拘河鲫鱼？我们是海岛，应该会捕黄鱼捕马鲛鱼捕梭子蟹才对嘛，奶奶推了推老花镜，答：老话就是这样讲的，老话都有它的道理在。

那老话还说，现在许愿最灵。我跟小芬抢着说出自己的愿望，小芬说，想成为戏里那样的美人，会弹琴作画，最好还有个乖巧的丫鬟，我说要遨游世界，去埃及看金字塔，去日本赏樱花，去……奶奶打断了我们，许愿说出来就不灵了，要在心里头默念才行。小芬反应快，迅速双手合十，朝织女星方向拜了三下，边拜边嘀咕，刚刚我们说的都不算，重新来过……她的每个手指都包得鼓鼓囊囊，看上去特别滑稽，我笑得有点儿过头，差点儿从小凳子上滚下来，又生生憋住，怕惊动了正相会的牛郎织女。

奶奶说过，七夕晚上，躲到葡萄架下或茄子地里，运气好的话，能听到牛郎织女讲悄悄话，还能听到织女的洗碗声。那会儿我家院子还没种葡萄，但在房屋西面，妈妈开了一片地，种有黄瓜、西红柿和茄子。茄子长得好，细长的亮紫色的，垂得绰约多姿，白天看去尤其惹眼。星光下的菜地有着另一番模样，混沌、静美，令人不忍心走进去。不过，我和小芬是顾不得了，我俩顶着同一面米筛子，悄悄在茄子地里蹲下，岛上有这样的说法，头顶米筛子就不会被发现偷听了。两人几乎是屏息凝神地听着，不一会儿，小芬悄声问，你有听到什么吗？回答她的是"啪"的一声，我被蚊子咬了。小芬用手肘捅了下我，示意我小声点，可别暴露了。

　　听到了什么呢？听到了风拂过叶子的簌簌声，听到了玉米的生长声，听到了夏虫的鸣叫，听到了河水的流动声，听到了远处或不远处的说话声，轻微的，黏糊的，不确定的，不断变幻的，像很多条大小不一的鱼在黑夜里游来游去，身旁的空气轻盈地流淌起来，我的头发我唯一的小碎花裙子随之飘扬……

　　等我们从茄子地返回，隔壁院子的姐姐们还在继续，说话声和轻笑声不时地传过来，细碎的，柔软的，欣欣然的。我一直想，姐姐们都祈祷了些什么呢？

五味六和

夏风起，海蜇涌

暑天，风裹挟着热气掠过海面，半球状的海蜇随潮水浮游，晃晃悠悠涌过来涌过去。海蜇大概是海洋里最仙的生物了，通体透明，上面似伞盖，像穿薄纱裙的姑娘在翩翩起舞。丁三矾斜着身子立于海滩上，眯起眼睛望向大海，咕哝道，要是有条小船就好了，可以去捞海蜇。他又跟旁边的人唠起以前出海捕捞海蜇的情景，海蜇那个多啊，小如锅盖，大似碾盘，挤挤挨挨围住船，任你捞，随便捞。

丁三矾那会儿已经不当渔民了，也就不出海捞海蜇了，他加工起了海蜇。美貌的海蜇上岸后经太阳一晒，像被戳破的气球，狠狠瘪了下去，化为一摊水。岛上有句话：海蜇水做，阎王鬼做，水做的海蜇须在第一时间用明矾腌渍，不然很快软塌塌，烂成一团，"海蜇不上矾，只好掼海滩"啊，明矾能使蛋白质等成分凝固，加速脱水。对海蜇，丁三矾可没有什么怜惜之意，果断将其口腕部与伞体部割开（口腕与伞部分开加工，方法雷同），反复漂洗后，抓起碾成粉末的明矾，均匀地揉搓平放的海蜇皮（伞部），揉完一张再叠上一张，同样揉上明矾。叠到多张时，捧起放进缸里桶里。随即，又俯下身，继续重复刚刚的动作，不带喘气的。他跪在地上，右腿微微翘起并外翻，沾满白色粉末的手掌搓到发红，老头衫背后濡湿了一小块，继而一整片。待全部的海蜇上了矾入了缸，第一道工序算是完成了。

丁三矾家的院子俨然成了小作坊，搭了帆布篷，几口大小不一的缸靠边排着队，白的蓝的黑的塑料桶四处散落，箩篮筛子等叠放一旁，石臼灰乎乎的，里面还有捣碎的明矾。丁三矾跟他老婆系着皮质围裙，收拾的收拾，查看的查看，腥味死皮赖脸地环绕着他们，许久不肯散去。十多个小时后，夫妻俩得把缸里的海蜇皮一张张拿出来，铺在倒扣的大眼箩蓝上，丁三矾一脚高一脚低地来回走，多趟后，速度慢了下来，右腿拖地的时间变长，像在地面画弧，后来，他索性一屁股坐在了院子的台阶上，看着海蜇里的水从箩篮眼里流下来，地上湿了干，干了又湿，海蜇皮瘪塌塌的，薄了不少。

到第二道工序时，要用到食盐。食盐和明矾粉末搅拌在一起，揉在一张一张的海蜇皮上，仍然入缸，几天后还铺在箩篮上沥水，海蜇剩余的水分再次被一点一点榨干，变得更薄了。最后继续用食盐与矾腌，量多少要根据二矾成品的质量而定，若海蜇还有稍厚部位，就用刀割一下，使之厚薄均匀。如此，三道工序成就了名实相符的三矾海蜇，蜇皮圆而完整，色泽洁白或淡黄，若不是亲眼所见，谁能相信圆鼓鼓的海蜇竟薄成一张纸了呢？这样加工出来的海蜇不易变质，可长时间贮藏，跟咸菜一样，随拿随吃，是岛上人家常备的长期下饭，却比咸菜美味太多了。

剥去三矾海蜇皮面上纤薄的红色海蜇衣后，其整个儿顿时剔透起来，丁三矾的脸也亮了起来，他做了三矾海蜇无数次，每次做完，都跟完成一件艺术品似的，看看、摸摸、尝尝，他从心里一溢出笑意，法令纹就如括号般展开。在岛上，海蜇甚是常见，好些人家都会加工海蜇，但越是寻常之物，要做好，要做得出类拔萃，就越是不易。色泽、气味、保质期、口感等都是判定三矾海蜇好坏的标准，尤其口感，同样的东西，吃过了好的，舌和胃都会记住，次一些的就难以下咽了。丁三矾的海蜇，都说好，怎么个好法呢？人们也说不大清，总之就是没有红衣、红点、泥沙、异味，就是脆嫩爽口，就是好吃，嘴巴知道。那些年，有些人家干脆放弃了自己做，每年在丁三矾处预订，渐渐地，大家几乎忘了他的本名，姓丁嘛，就叫丁三矾好了。

三矾海蜇食用极方便，从腌卤里捞起，清水洗净，切丝，蘸点酱油即是佐餐佳肴。也是怪，海蜇肉质韧而脆，本身不咸不淡没什么味道，与调料或其他食物一搭，就是别样的清凉鲜美。岛上办婚宴、满月酒、上梁酒等，海蜇这道凉菜不可或缺，海蜇丝拌金针菇、拌黄瓜丝、拌腐竹、拌白菜……主人家都首选丁三矾的海蜇。

不细究的话，加工海蜇除了枯燥些劳累些，似乎没什么技巧可言，加点儿矾加点儿盐嘛。还真有人这么说过，丁三矾撒了几条血丝的眼睛猛地斜睨过去，你倒做个试试看？那人不服气，做就做。结果可想而知。三道工序过程复杂，环节较多，每个细节都会影响成品的质量，矾和盐的比例，时间的把控等，比如加明矾，少了，海蜇发臭腐烂，多了则会酥碎崩裂。世间事最难的就是个恰好，放在手工艺上来看，"恰好"是无数次实践后的经验所得。丁三矾道，我放盐和矾全凭手感，手上长了眼长了心，关键步骤决不让老婆插手，换个人，手法不同，做出来的东西可能就不一样了。

岛上的人讲起，丁三矾虽然腿不好了，劲道倒不错，海蜇季差不多就集中在一个月，且是最热的时候，海蜇又一点儿不能耽搁，他连轴转地加工，一批，二批，三批，个中辛苦，不言而喻。按他自己说的，汗都流了几十斤。羡慕者亦有之，羡慕他生意红火，忙一个月吃一年，甚至出现了因祸得福的言论，丁三矾那年出海作业受了伤，右腿落下了残疾，不再适合做渔民，只好寻一样陆上生存技能傍身，无奈之下的选择，倒让他走出条路来。

丁三矾后来不去菜市场摆摊了，顾客会自动上门，省了摊位费。他家的院子常年有人进出，除了派大用场，一般人一次性不会买太多，怕离开了丁三矾的海蜇卤，保存不好，想吃了就过去买，便当的。

丁三矶很少外出，不打麻将不喝酒吹牛，即便不是海蜇季，他多数时间也待在院子里，或把那些圆墩墩的海蜇桶排得齐整整，擦得亮铮铮，或拿出蟹笼、罾网等小网具晾晒、修补，他还自制过捞海蜇的网，用竹片拗成圆形，网片系于圆圈中，绑上一个长柄，若实在没事干，索性坐在一边发呆。有顾客上门，他立马拖着右腿至水龙头下，哗啦啦洗净手，再返回到一溜海蜇桶旁，选几桶轻轻踢，凭声音判断桶满桶浅。揭开桶盖，一把捞起海蜇，晶莹光洁的影子在眼前一晃，就被他扔进了袋子。称了斤两，收了钱，他又去冲洗手，反复洗。丁三矶的手因长期跟明矾、盐卤接触而发红发肿，一到冬天就开裂，东一处西一处，跟旱了很久的土地似的。

没想到，院子里的海蜇竟被偷走了一桶，贼应该是翻墙进院的，借着夜色的掩护，随后打开铁门运了出去。丁三矶站在置放失窃海蜇桶的地方，身体略微前倾，勾着脑袋判断，起码得两人，不然搬不动满满的海蜇桶。他眼里的红血丝似乎多了几条。丁三矶的老婆站在街上痛骂小偷不得好死之类，情绪激越，唾沫横飞，丁三矶斥她赶紧回家，别整这些没用的。第二天，他家院子里堆起了砖头。丁三矶下了决心，在房子西面盖间新屋，存放加工好的三矶海蜇，以免再被盗。邻居们打趣道，丁三矶的生意越做越大了，都有仓库了。

丁三矶好好利用起了"仓库"，加工海蜇之余，他开始联系渔船，收购新鲜且价格合适的海鱼，制成鱼鲞、鱼干。鱼在院子里晾晒得差不多后，通通贮藏于西边的"仓库"里。屋里面塞得满满当当，地上海蜇桶排排坐，屋顶、墙上鱼鲞串串挂，另有些鱼干被套进编织袋，搁于屋角的大瓦缸里。

基于对丁三矶海蜇的信赖，爱屋及乌，大家对他的鱼鲞亦青睐有加，常常在买海蜇时顺带上鱼鲞，一来二去成了习惯，丁三矶的鱼鲞在群众中慢慢有了口碑，销路是不用愁的。这一切自然发生在鱼鲞品质不错，价格公道的基础上。丁三矾家的日子越发地好起来，盖了新楼，添了高档电器，老婆的穿着打扮日益向时髦靠拢，儿子顺利考上了大学，将三矾海蜇作为家乡特产带进了大学校园。人们都说，是海蜇旺了他家。

丁三矾的生活依然如旧，拖着不便的右腿加工海蜇、海鱼，然后售卖它们。工作时，他总不自觉地溢出笑意，法令纹如涟漪般荡了开去，眼里的红血丝终年不消。偶尔，他也去海边捡螺，放蟹笼，用罾网扳鱼，丁三矾臂力大，就算站不稳，拉罾网不在话下，他骤然发力，渔获腾空而起，闪闪磷光从网中发散出来。倒是其自制的捞海蜇的兜网一直没机会用到。

岛上有谚云：海蜇未到，红水先来。以前，海蜇旺发期，潮水泛着红光翻滚而来，人们知道，其后必有海蜇驾到，果然，过不久，海蜇便你推我攮地涌向海边，有些甚至随潮水涌上了海滩。可这样的盛况已多年未现，海蜇们仿佛都相约改了游走线路，偏不往这边靠，丁三矾当然明白这意味着什么，事实上，其他海洋生物也如此，近海的海洋资源越来越少了。

但他始终心存希望，等再有海蜇涌过来时，可以操起兜网亲手捞起几个。

晒盐

"唰——唰——唰",盐耙推到之处,洁白的盐粒似听到了召唤,纷纷聚于耙下,还没来得及结晶的卤水则难为情地让道,潮水般往前涌。盐耙的木柄被一双黝黑的手握着,一上一下,时松时紧,手的主人弯腰、低头,四十多度高温下,他灰白色长袖衬衫被汗水浸透,草帽下露出的一小簇短发贴在额前,弯弯扭扭,帽边析出了盐花,跟盐田里似雪的盐并无二致。

盐场建于平坦的沿海滩边,一格格方形盐池鳞次栉比,里面养了深浅不一的海水,因卤水盐度不同,呈现的颜色就有了区别,简直可以用色彩斑斓来形容。盐卤水倒映着蓝天、白云、飞鸟,也映出盐工忙碌的身影。盐工杨叔摘掉草帽,抹了把脸上的汗,一手拄盐耙,一手接过矿泉水,"咕咚咕咚"下去大半瓶。水分输送进去,杨叔就像受到了浇灌的青青麦苗,立马恢复了生机,连笑容的幅度都大了,白牙一闪,皱纹呈放射状展开去。阳光下,那张刻满岁月痕迹的长方脸黑得发亮。

杨叔六十来岁,中等个头,精瘦,从事晒盐工作已三十多年。烈日如何灼烧盐田,便如何灼烧他的肉身,海水被蒸发、浓缩、结晶析盐,他身体里的汗水也是,他的衣服常常湿了干,干了湿,摸上去硬挺挺,像涂过一层胶水,用指甲一刮,盐粒"沙沙"地掉。

晒盐一行,以海水为基本原料,日光、风力为天然动力。杨叔说,主要还是靠太阳晒，日头越猛，晒出的盐就越多。所以，每年七到九月份是盐业生产的旺季，也是决定晒盐产量的关键期。

炎炎酷暑，正午时分，潮水快速上涨，海水便被放入盐田最高处的澄清池。东海的海水比较浑浊，潮水纳入后，先在澄清池沉淀，滤去杂质，再引入蒸发滩。如此，新一轮的晒盐轰轰烈烈地展开，制卤、旋卤、收盐、整滩……那是盐工最辛苦的时光，正所谓"凌晨出门鸡未啼，头顶烈日晒脱皮"。

为防止晒伤，盐工均穿长袖长裤，但好像效果欠佳。杨叔的肩背和手臂上，皮肤不平滑且颜色不均，乍一看，好似烫伤留下的细碎疤痕，实则为多次晒伤后色素沉积所致。毒日头连续肆虐几个月，区区纺织纤维终究抵挡不了。杨叔厚嘴唇一咧，露出标志性白牙，跟他晒的盐差不多白，他说年纪大了越来越皮实，近两年都没怎么晒疼过。在岛上，男人到了杨叔这个年纪，有这么一口白牙的极少，这可能是他爱笑的原因之一。而后，杨叔故意用力甩起胳膊，"嗨哟嗨哟……"这是他在晒盐时老唱的渔歌号子，似乎哪一句都有"嗨哟嗨哟"，他每每唱得铿锵有力，脚步噔噔响。

晒盐，不可缺了小小的波美计。它用来测盐卤的度数，达到24.5度方可上滩结晶。盐工往返滩间，时不时舀起一竹管盐水，测量后，根据卤值来决定换放滩水或取卤晒盐。烈日下，结晶滩上薄烟袅袅，油光不断冒上来，小盐花如丝如絮，晶莹剔透，一朵，又一朵，一片，一大片，仿佛带着微不可闻的"簌簌"声，如雪花从天上飘下来。

渐渐地，滩面铺满了白色结晶，像闪着银光的鱼鳞。因盐滩的卤水是静止的，阳光长久照射，导致上层卤面温度尤其高，自然先一步结晶，结出的盐成块状，犹如一层壳，罩住了下面的卤水，这样一来，上下温度不一，必然影响出盐率和品质。为防止粗盐板结，变成大颗粒结晶体,也为使盐粒更均匀细腻,就得不断搅动卤面,将晶体打散,于是,就有了"旋卤打花"这道工序。

杨叔是盐场的"打花"主力。盐滩中央拴一条长绳,另一头系一根竹竿,杨叔手持竹竿,沿着滩边走,来回拖动结晶滩中的长绳。这活看似简单,其实非常费力。绳子拨动密集的结晶体,逐渐浸湿,且长度那么可观,会变得相当沉重,颇考验臂力是肯定的,还要把控好力度和速度。过快过于用力,打不细;过慢过轻,则打不散。

结晶最快时即是气温最高时。毒辣的日头炙烤大地,盐滩边放几个鸡蛋就能蒸熟,杨叔着一身长衣裤,戴着那顶变了形的草帽出现在盐田。他两手握住竹竿,绕着盐田不紧不慢地走,嘴里不自觉地哼起:"嗨哟嗨哟……"偶尔闪露的白牙散发出如盐粒般晶亮的光。杨叔绕了一圈又一圈,热浪从地上穿透脚底,与涌入头顶的赤烈之气在体内交汇,整个人如置于烧开了锅的蒸笼上,汗水先涌至后背、脖颈、腋下,然后是前胸、腿部,绕了不到三圈时,身上就已跟淋了一场雨似的。

"旋卤打花",大概每隔半小时一次,一次得绕好几圈。只要太阳火辣辣地挂在那儿,没落山,"打花"就得继续,划渣、推盐、"走水"等也一样。

绳子在结晶滩里不断挪移、翻搅,咸咸的水气泛上来,如烟似雾,杨叔感觉眼睛糊糊的,不知是因为汗水的滴入,还是这氤氲的水汽,突地,嘴里渗出一股咸味,好似盐田里的菱形晶体自动跑了进去,一忽儿,又开始发苦,喉咙干得要冒火,渔歌号子也哼不出来了。他知道自己得歇一会儿了,得补充水分,盛暑之下,连轴转地"打花"太消耗体力了。他毕竟年纪大了,怎比得壮年时那般强健。

杨叔在盐滩边上坐下,望向经过自己"打花"的结晶滩,那些线条任性、夸张,形成的图案奇特、抽象,它们嵌在白色盐田里,似乎想努力勾勒出什么。

　　从一汪荡漾的海水，到一粒粒规则的结晶体，晒盐人目睹并造就了这神奇的变化，盐粒更被赞为"色白、粒细、易溶""鲜嫩美"，每到收盐时，虽辛苦万分，他们脸上的欣慰、欣喜是万万掩不住的。

　　杨叔说起年轻时收盐，身体上的苦倒罢了，最难的是起不了床。夏日里，收盐都在凌晨，白天收盐会影响卤水的质量，再者，夜里气温低，天气凉爽，适合干体力活儿。那会儿，到了时间，杨叔经常让家人、同伴把他打醒，或迷迷糊糊中用力掐自己，再用冷水泼脸、搓脸，才踉跄着出门。而年纪渐增，觉少了，易醒，原来的难事反倒不难了。

　　凌晨三点多，村里的公鸡刚叫过头遍，星光贼亮贼亮，杨叔和其他盐工便匆匆拥向盐场。夜色里，盐田像落了一层霜，白得晃眼，又像拌入了天上的云，浮浮沉沉。穿了雨靴的杨叔走进去，用木耙推盐，即把四处的盐都"赶"到盐田中央。他脚步轻盈，肢体放松，忽左忽右，忽前忽后，别的人也不示弱，推得可起劲儿了，跟在跳集体舞似的。

　　"集体舞"的效率还是很高的，盐田的盐乖乖归于一处，盐工们铲盐到簸箕里，再从盐田挑到几十米外的盐坨。扁担压在杨叔肩上，两个装满了白盐的竹簸箕一前一后晃悠，两只手伸展开，分别抓住簸箕的绳，他又唱起了"嗨哟嗨哟……"，脚下踩得"噔噔噔"，脖子微微前倾，阔步而行。多个来回后，杨叔的脚步小了，衣服湿了，哼唱声时有顿滞，并夹杂着粗重的喘气声，扁担从右肩换到左肩，又从左肩回到了右肩。那些年，他的两个肩膀早磨出了厚厚的茧子，杨叔说皮糙肉厚挺好，像衬了垫子。

　　一担又一担的盐挑往盐坨，盐坨越堆越高，雪山般耸立。天亮了，晨光映照，皑皑"雪山"前，一群黑如煤炭的人露出了如释重负的表情。

落潮敲藤壶

大水潮，潮水涨落幅度大，生活于海礁峭壁潮水位以下的藤壶不得不出头露面。玉清婶等不及了，着黑色登礁鞋的脚向外一甩，坚定，迅捷。到崖边，她蹲下，铅桶绑于腰间，从礁岩一点一点爬下去，瘦小的身影瞬间消失在礁后。潮间岩石处，藤壶鲜肥而集中，玉清婶用合适的姿势把自己固定住，趴、贴、跪、靠，而后，自竹篓抽出铁铲子，对准藤壶底部与礁石连接处，斜着一敲，外面的固壳被敲飞，藤壶肉铲进铅桶里。

那把藤壶铲，玉清婶用得趁手，铁质，泛着幽幽的光泽，一端磨薄如刀口，另一端微微卷起，似弯钩。它与玉清婶相伴三十余年，熟悉主人的指纹、体温、汗液，甚至血液，工具是有记忆的，换个人，它不一定就那么顺服了。

藤壶能分泌一种极强黏合力的胶，牢牢吸附于礁岩，任风吹雨打潮涨潮落岿然不动，敲藤壶，若不懂技巧，用力不均，轻了很可能只敲掉几点粉末，重则碎其身，致个体瘪瘦且有壳渣。玉清婶敲的藤壶颗粒完整，肉质饱满无杂质，装盘隔水清炖，能蒸出厚厚一层蛋白状物质，鲜香无敌。玉清婶说，下手的轻重取决于藤壶的生长位置和方向，顺向着力，使藤壶外壳在最脆弱部分断裂，还得裂而不碎。敲藤壶的好手，往往将"挑""敲""铲""拾"一气呵成，若拖泥带水导致鲜汁滴流，精华不再，口感会大打折扣。有人听罢照此去做，却手不从心，很正常，手熟毕竟得靠无数次的实践去达成。

在岛上，敲藤壶的人不少，像玉清婶这样一敲三十多年的属凤毛麟角。常年经受海风和日头的凌虐，玉清婶的脸庞色深且粗糙，遍布的褐色斑点反而不明显了，嘴唇发白干巴，一咧嘴，总让人担心会开裂出血。她自己倒无所谓，说话快，嗓门大，唾沫如滩涂上的潮水泡沫，固执地浮在嘴角。一激动，她老会摆动其厚实的大手，像摇起了扇子，有微风暗袭。她的手跟她的身子实在不搭。玉清婶矮而干瘦，冬日枯枝般衰朽，与她敲到的肥美藤壶完全相反。但她偏偏有这样一双堪称丰腴的手，只是老皮皴皱，上面不知是划伤还是皲裂的，痕迹形状不一，或大或小，或短或长，或直或弯，纵横交错着，糙似鱼鳞。铁铲子被这双手紧紧握住，服帖、卖力，玉清婶举起右手，指关节突起，铲子落下，"咔嚓"，一眨眼藤壶就进了桶。

玉清婶二十来岁时跟着别人敲藤壶，主要觉着好玩。那时候，海洋生物丰富，去海边随便转一圈儿，都会有收获，各种螺、贝、蟹，甚至还有随潮水冲上岸的乌贼、鲳鱼、望潮等。最难获取的，还数藤壶。眼看着藤壶遍礁丛生，密密麻麻，一簇簇挤得人无处下脚，可它们犹如被钉在了礁石上，就是拾不起来。年轻的玉清婶轻敌，飞起一脚就踢，脚生疼，人家却纹丝不动。思忖着没有专门的工具，采挖藤壶实在费劲儿，后来，玉清婶便让铁匠铺打造了一把，谁能想到，这把铁铲子几乎陪伴了她半辈子。

最初，藤壶铲更像玉清婶的玩具，无聊时，她就和几个同村的结伴去敲藤壶，顺便打打牙祭。嫁人生娃，当年搭伴的人大多散去，铲子从不在意主人的忽冷忽热，一直默默等在那儿。因儿子爱吃藤壶，多余的又可卖掉贴补家用，玉清婶再次与铲子亲密起来，正式加入了敲藤壶的队伍。所谓队伍就是几个妇女，老老少少七八个，玉清婶最活络，总能找到别人不易发现处，且敲得最多。她敲着藤壶哼起歌，海风从耳边哗哗哗擦过，像鼓掌声。

早年，有老人说玉清婶颧骨高，嘴角往下耷拉，长得苦相，这一说似乎因她男人的罹难得到了印证。男人是渔民，在某次出海作业中殒命，玉清婶年纪轻轻便守了寡。儿子尚小，玉清婶没资格在悲伤的海域沉溺过久，她瘦弱的身体里仿佛植入了某种坚硬物质，迅速重组并挺立起来。

自此，玉清婶敲藤壶，更多是为了生计。藤壶味美，饕餮者众多，但因为采挖辛苦，有一定的风险，还出过事故，参与者渐稀，藤壶的价格倒似月半的潮水，涨了一截又一截，尤其过年过节，撺着翻倍，一斤一两百成为常事。

冬季的海边，空旷得像到了世界的边际，万物退至于时间之外，临海的礁岩漠然陡立，其下，浑浊的海水一起一伏，迟滞、颓丧。风从海上呼啸而来，打着旋，旋里藏着刀片，刮到皮肤上，如被割裂般地疼。一个黑点不知何时落在了那儿，艰难挪动着，真怕一不小心就会被海风卷走。一身洗到褪色的藏青劳动布，土黄色围巾包住了脑袋、耳朵和嘴巴，只露出上半张脸，眼睛眯缝着，高颧骨冻得发红。她把铅桶一放，蹲下去，戴白色棉纱手套的手握住铁铲子，熟练地敲、铲，她的右手像装了马达，不知疲倦地快速挥动，只见白色影子上下晃曳，而桶里藤壶渐满。敲击声连绵不绝，须臾淹没在海风中。

偌大的海边，只有孤零零一人，玉清婶像个不屈的英雄，与严寒、陡礁、顽固的藤壶以及寂寥作战。原先七八个人的敲藤壶队，只有她仍坚持着。自从几年前，队伍里的其中一个爬到礁石背后，被骤然怒涌的恶浪掀翻，葬身大海，从此，经历过惊惧和悲伤的人们对敲藤壶充满了抗拒，怪不得藤壶被称为来自地狱的美食，那是引诱人去搏命的啊。玉清婶好像并未受影响,照常去敲,碰到有人相劝,说这种要性命的活儿不干也罢,她布满斑斑伤痕的大手一摆,大嗓门响起,哪里没危险?喝水还有噎死的呢!大概过于用力,她两边的颧骨微微颤抖了下。

玉清婶也掉下去过。那片藤壶奸猾,长在礁石边,并往下漫延,玉清婶敲得太投入,一个重心不稳,滑了下去。算她命大,落在了一块倾斜的小礁上,很难起身,她半卧着,一只手死死扳住岩壁后,还不忘将藤壶铲先扔上去。上头的几个姐妹开始冷静下来,就近找到了个木棍,伸到她跟前,她抓住后,她们拼了命地拖,以肉身与岩石与藤壶狠狠摩擦的方式,玉清婶被拖了上来,手肘与膝盖伤得最重,血肉模糊,裤子成了一团破烂。

事后,玉清婶调侃自己,幸亏瘦,没几斤,不然死定了,人家哪儿拖得动。

人们都说瘦子筋骨好,玉清婶老被拿来做范本。无论酷暑寒冬,海边是她永远的阵地,她在那里串来串去,看到啥带啥,敲藤壶,挖牡蛎,拾螺捡贝,恍若不知疲倦,从没见她蔫头蔫脑过,她给自己买了登礁鞋和安全帽,有那么点儿还要大干一场的阵势。玉清婶解释,经常只有一个人敲藤壶,叫天不应叫地不灵的,总要多点儿或保护措施。

农历初一或十五前后的大水潮,潮汐落差大,小水潮时被淹没的藤壶失去了掩护,暴露了出来。尤其临崖的岩石夹缝,这类地方陡险,少有人去,里面的藤壶平日里养尊处优,又无人打扰,个大、肉肥、量多,找到就是一大窝,像个优秀藤壶集中营。五十多岁的玉清婶依然身手矫捷,她爬下崖,灵活钻进狭小的夹缝,亏得她瘦小,块头稍大的人根本挤不进。

夹缝是潮水暂时舍弃的领地,它必定会抢回去。邻近小岛传过来的那个凶讯,玉清婶不敢忘,也是有人在岩石缝敲藤壶,敲得兴起,忘了一旦涨潮,速度飞快,待察觉,着急想出来,却来不及了,活活淹死在里面。在那里,人要跟潮水争时间,亦是跟死神争时间。玉清婶索性半趴着,没有像往常那样一颗一颗敲开铲肉,为省时省力,她连同"火山尖"外壳一并敲下,咬着嘴唇,挥起铲子一口气敲一大片,一双大手可劲儿地捧,哗啦啦,哗啦啦,通通扔进桶里。手被戳出血是常事,旧疤上添几条新痕罢了。而后,果断撤离,不贪心,不恋战。

带壳的囫囵藤壶,到家得一个个敲开,灯光下,玉清婶坐在桌前,手部贴上了创可贴,她敲得缓慢而细致,完全没了在礁岩时的凌厉劲儿。一部分,玉清婶制成了醉藤壶,藤壶洗净,装进玻璃瓶,倒入黄酒,加适量糖和盐,密封。可保存许久。玉清婶垂着眉眼,一个步骤,接上一个步骤,不疾不徐,神闲气定,宛如在做精致的手工活儿。这样的她,突然有了点儿陌生的温婉气息。

海味里的旧光阴

一

做糟鱼，先得制"糟"，"糟，酒滓也"。而海岛人做糟鱼讲究，不用酒渣，用原汁原味的酒酿。

母亲擅制酒酿。糯米浸泡一夜，放进蒸笼，用大火蒸。锥形竹编蒸笼盖被白气环绕，如山尖隐没于雾霭中。糯米饭蒸熟后，摊于竹席上"纳凉"，待降温，倒进小缸里，细细密密撒上粉末状的酒曲。母亲边撒边搅拌，将糯米饭和酒曲拌均匀，最后用手压实，中间要留个洞，以便观察酒酿的发酵程度。小缸的盖子是一面大小正合适的竹筛子，为保证发酵所需的温度，筛子上还要覆上厚厚的旧棉被。数日后即成。

糟鱼的鱼倒不讲究了，几乎所有的鱼都可以用来做糟鱼，带鱼、马鲛鱼、鳗鱼、鲳鱼等等，手边有什么鱼就糟什么鱼。将洗净晾干的鱼去头尾、切块，每一块都在酒酿里充分浸润后，放进酒瓮，鱼块在瓮里打好"地基"，一层一层码好，边码边加适量的盐。最后倒入酒酿，直至漫过所有鱼块。

盖上盖子，密封储存。

那个普通的瓮仿佛有了生命，它"肚子"里的微生物正在大规模地生长、培养，化学反应轰轰烈烈地进行着，一种全新的食物即将孕育而出。

我有事没事总会用手指弹弹酒瓮,鱼不知道糟得怎么样了?如果现在就打开,会怎么样?母亲忙进忙出,伸手拍了下我脑袋说,又弹,快被你弹破了。

那时的日子稠得化不开,像浓浓的糖汁滴落于地,停滞不前,等一瓮鱼的发酵,是多么漫长。我其实并没有那么想吃糟鱼,尽管糟鱼确实美味,我只是盼望着时间过得快一些。过得快一些就能长大。长大了会怎么样?不知道,长大本身就是个代表着希冀的词。

母亲在院角掐葱、割韭菜,姊子在围墙那边洗衣,流水声和搓洗声让她的声音显得不那么明晰。为不中断交流,要么母亲贴近围墙,要么姊子不时从墙上探出头。没有什么要紧或非说不可的话,无非就是说说各自丈夫的船出航多久了,生意如何,今天做什么菜,今年的糟鱼不知道谁家的更好些……

姊子做的糟鱼总不如母亲的,不是略酸,就是汤汁稀薄,味道不够醇厚,究原因,终是酒酿的问题。此后,母亲总会多做些酒酿,分给姊子。姊子端着酒酿,满满一大瓷盆的酒酿,走过台阶、冬青树和美人蕉,阳光铺得一切都金灿灿的,空气里都是酒香。

糟鱼开坛的那一刻终于到来,经过两三个月,瓮里的鱼被酵熟了,而我的浮躁被滤去了不少。挖掉黄泥,揭去塑料膜,浓郁的香味像被关了禁闭的美人,一释放,便大放异彩,颠倒众生。醇香迅速弥散,鱼的鲜香混合了酒的醇美,简直要把人醉倒。

许多个清晨,我在糟鱼香里醒来,胡乱抹把脸,往饭桌前一坐,热腾腾的汤饭,热腾腾的糟鱼,它们把我残余的瞌睡彻底赶跑。糟鱼味美,轻咬一口,肉烂骨酥,入口即化,鲜甜味充满了整个口腔,所有的味蕾都在欢腾雀跃。嗯嗯嗯吃完,两颊发热,浑身有力气,拎起书包出了门。

通往学校的机耕路无遮无挡,寒风挥舞着大刀小刀,劈头盖脸而来,我听见了自己仓皇的呼吸声,也闻到了自己呼出的糟鱼香。跟母亲提过多次,上学路上太冷了,同学们都有滑雪衫,我也想有一件。她总是说,糟鱼是好东西,可以抵御寒气,比滑雪衫强。

为此,我曾恨过糟鱼一段时间。

二

鱼鲞里,我最爱乌贼鲞。饭锅里随便蒸一爿,未等揭锅,诱人的鲜香弥漫得无法无天,口水在嘴里打转,小人儿在灶边打转,母亲停止了拉风箱,嗔笑着一挥手,去坐好,马上可以吃了。乖乖坐到小圆桌前,脖子像陡然长了好几寸,恨不得用眼睛把乌贼鲞从锅里钓出来。

出锅的乌贼鲞呈浅红色,在热烘烘的白汽中朦胧着,羞答答的。太烫,又急着想吃,很折磨人。我对着盘子吹气,搓了搓手,而后,戳戳乌贼骨,捏捏乌贼须,忍不住舔一下手指,鲜得人精神一振。稍凉凉,剔除乌贼骨,撕下一条送进嘴里嚼。乌贼鲞耐嚼,越嚼越鲜而香,鲜中带隐约的甜,甜中还有一丝咸,和煦的阳光味盈满了整个口腔。

彼时,门外的墙上,广播喇叭一阵嗞嗞喇喇,好一会儿才说出一句完整的话来。

剔出来的乌贼骨是宝贝,大太阳下晒干,一根根收集于网兜。网兜快装满了,心就不安分了,耳朵变得尤其灵敏,即便午觉时,遥远的"叮咚叮咚"声也能被准确捕捉到。一跃而起,拎出乌贼骨,在路口候着换糖人。换糖人肩挑箩筐担子,小铁锤敲打着铁片,不紧不慢地晃过来。往往等不及他靠近便扑了上去,"笃笃笃",换糖人用铁片凿下一块麦芽糖，若嚷嚷着再加点儿，他会做出心疼状再凿下薄薄一条，好似就这样薄薄一条会让他亏大本了。我才觉得亏呢，好多个的乌贼骨才换了这点儿糖。但又是开心的，麦芽糖真甜，能甜到心肺里去。

乌贼汛一到，必晒乌贼鲞。持刀剖切，洗净沥水，乌贼鲞在团箕、竹簟、倒扣的箬篮上四仰八叉着，院子里的鲜腥气味如潮水般漫延开来。猫猫狗狗循味而至，院门外，围墙边，屋顶上，均可见它们鬼祟的身影。母亲若织网，便将网拖到院子里，边织边守护着鱼鲞，猫狗一旦试图靠近，她就跺脚大喝，吓得它们落荒而逃。若想打麻将，也可以，麻将桌在院子中央摆开，四个人哗啦哗啦说说笑笑，人多势众，猫狗不敢造次。当然也有胆特肥的，趁人不备，叼起就跑。母亲追出一段后折返，喘着气诅咒，这死狗，怎么不毒死你。不过她一打起麻将，就立马忘掉这个不大愉快的插曲了。

某日，母亲外出前，递给我一根细长的竿子，嘱我看好乌贼鲞。竿子用来驱猫狗，赶苍蝇。我坐在被乌贼鲞拥围的小凳子上，起初觉得好玩，攥着竿子划拉来划拉去，颇有一种睥睨全场的气势。阳光像无数根白晃晃的针，闪得人昏昏欲睡，我开始怠工，拈住乌贼须，扯下，放嘴里嚼，晒熟的乌贼须能嚼出一股细溜溜的鲜气来。母亲说吃这个要拉肚子，可我偷吃了好多回，没事儿，胆子就大了，还怂恿来找我玩的小伙伴一起吃，拔掉了乌贼好些须。

把职责丢在一边，我跟着小伙伴去了她家，玩得忘乎所以。回来时，她只把我送到晒谷场就自己回家了。天色渐暗，海岛的风像生了谁的气似的，在空荡荡的晒谷场造反，呼呼呼来，嗖嗖嗖去。我木愣愣坐在石头上，又冷又饿，突然想起院子里的乌贼鲞不知道怎么样了，要是都被猫狗吃了，要怎么向母亲交代？黑暗很快就要降临，我会被野兽叼走吗？

忐忑、恐惧和孤独一下子攫住了我，我不敢哭，不敢出声，缩在石头上瑟瑟发抖。

不知道母亲是怎么找到我的，昏沉之中，看到一个熟悉的身影向我奔来，我哇地哭得声嘶力竭，简直要把昏暗的天惊出个洞来。

此后，每次吃乌贼鲞，我总会想到那个黄昏，滋味变得有点儿复杂。

三

大木桶结结实实地趴在院子里，散发出的鲜腥味直蹿入鼻腔，不管不顾地。我伸长脖子，试图窥探桶内景象，母亲一把抱起我说，掉进去，就洗黄鱼子澡喽。

原来是黄鱼子，我第一次见到。

黄鱼子浅红或肉色，一个个傻愣愣浮在桶里，并未引起我的好感。母亲将它们捞起、洗净，晾于米筛。水分被阳光和空气带走，鱼子变得苗条而干硬，颜色加深却色泽油亮，琥珀般温润。

就算在海鲜泛滥的年月，黄鱼子干也是被看重的。平日里，母亲里外三层将之藏起，待遇跟家里那几个银元不相上下。父亲出海回来，鱼子干才上桌。每次不舍得多蒸，煮米饭时，搁一至两串于竹蒸架。两种不同的香味一会儿分散一会儿混合，惹得人咕咕咽口水，外头有再好玩的也吸引不走了。

蒸熟的鱼子干呈砖红或棕红色，雍容华贵地倚于瓷盘。我和弟弟不敢擅自下筷，直勾勾盯着，等父亲掰开分给我们。分到一小段，一个小角一个小角地咬，油滋滋鲜溜溜，嚼得满口都是令人丢魂的香。一吃上瘾，欲罢不能。吃完，又直勾勾盯上剩下的，父亲早瞧出了我们的心思，手一挥，留到晚上吃。姐弟俩齐齐低头，万分艰难地离开饭桌。

盛夏来临,意味着修船期到了。每日傍晚,父亲从院子的栅栏边拐进来,石灰、桐油或海泥沾了一身,疲惫却欢悦。在家门口的河边,他用脸盆冲澡,哗啦啦,哗啦啦,水蛇、泥鳅、青蛙等逃得狼狈,我和弟弟坐岸边瞅得哈哈笑。近旁的瓜架下瓠瓜垂得千姿百态,父亲爱喝瓠瓜汤,母亲年年栽种。

母亲一声吆喝,吃饭嘞!小圆桌摆上院子,瓠瓜汤用大碗装,翠嫩嫩的,清蒸茄子老老实实躺在盘子里,毛豆绿得逼眼睛,鱼子干总是压轴,出场得隆重,且分量会比以往多一些。鱼子干有魔力,河边再怎么热闹,我们闻到它的香味就呼啦围到了桌边。父亲把一整个鱼子干平均掰开,分与我跟弟弟。像得到一大笔财富,竟激动得有点儿不知所措。

这样的夏日晚餐里,父亲爱喝两杯白酒兑汽水,嗞嗞嗞一口酒,啧啧啧嚼一块鱼子干,他说做神仙也不过如此。围墙另一头,邻家亦奏起碗盘筷相触的交响,墙两边的人们,有一句没一句地扯着。话语无数次越过墙头,最终消散在黄昏里。有一回,父亲跟邻家大伯争论起什么,离了桌,站到了围墙根,我想趁机尝尝做神仙的滋味,猛地灌下一大口白酒兑汽水,再学样嚼嚼鱼子干,而后,粉面桃腮,头重眼皮也重,暴露了偷喝行径,被"小尼姑"笑话了好久。

"小尼姑"总会来找我玩,她长得算清秀,比我大一岁,外号因何而来,不得而知,反正大家都这么叫,我到现在都不知其真名。"小尼姑"住河对岸,她得绕一片田埂才能到我家,经常,她手里拈一串鱼子干,随意拈着,像我们拈随处可见的革命草。母亲说,她家是渔民,愁鱼太多,鱼子干也是多的。我嘟起嘴,为什么我家没那么多鱼子干,母亲戳了我脑袋,你有漂亮新裙子,她可没有。"小尼姑"有两个姐姐,她穿的都是姐姐们穿剩的,旧旧的不大合身。

我小小的心里突然平衡了。

周边的伙伴们说"小尼姑"笨，学什么都很慢，比如翻花绳，就她不会。小尼姑央我教她翻花绳，报酬是鱼子干。每晚，她过来学，拗一半鱼子干给我。我教得尽心尽力，撑、压、挑、翻、勾，一根红毛线在我们手里交替、编翻。月出、虫鸣，黑白电视的荧光一闪一闪，照亮纵横交错的线条。"小尼姑"说她梦里都在翻花绳。

"小尼姑"挑翻得越来越好，我很开心。开心跟鱼子干无关。

四

时有摊贩从渔船直接拿货，挑着笋筐走村串巷地叫卖："糯米饭虾要喂，糯米饭虾要喂（要吗）？"远远瞄一眼，白花花的，摊贩真像挑着两筐大米，却比大米亮，尤其阳光下，新鲜的毛虾闪耀着碎银般的光泽。

糯米饭虾出现在餐桌的频率很高，做法极简单，洗净后加点儿水，撒上一撮盐，煮几分钟即熟。别看虾个头小，鲜香味却足够浓郁，能飘出老远。煮熟的糯米饭虾不再剔透，装在盘子里，竟有一种白棉布般的纯净与温柔，用筷子夹起一小撮放进嘴里嚼，嫩生生，软糯糯，咸滋滋，鲜气久久不散。

上学时，母亲大清早买来糯米饭虾，煮熟后才叫醒我和弟弟。厨房里白汽氤氲，柴火味、米香味、海味特有的香气混合在一块儿，我们翕动着鼻子，嗅觉引发了食欲，咽下口水时，肚子便很配合地"咕咕"叫了。小圆桌上已摆好两碗汤饭、一盘糯米饭虾，一眼望去，三样都白白的，瞧着舒服。汤饭就糯米饭虾特别香，嫌筷子夹得少，吃着不过瘾，我干脆用调羹舀着吃，不多会儿，一碗汤饭就落肚，浑身热乎乎的，感觉自己力气都增大了。到了学校，虾的鲜咸味还在嘴里荡漾。

糯米饭虾晒干,炒菜时搁一点儿,增鲜提味,根本不用放味精了,如母亲炒的韭菜和莴笋,深绿浅绿之中夹杂了点点白色,清爽,清新,令人眼睛一亮。有一道汤菜,我们叫"浆",在淀粉里加入水,搅拌,使之成为稀薄的淀粉汤,而后慢慢旋入将熟的蔬菜汤里,起锅,装大碗。纯蔬菜的"浆"未免寡淡,有梭子蟹或石蟹时,切几块进去自然鲜美,然螃蟹不常有,价格也高,撒一把干糯米饭虾入汤,能为这道"浆"增色增味不止一点点,我跟弟弟尤爱。冬日里,屋外寒风似猛虎啸叫,屋里热气不断从灶头冒出来,蔬菜的清香、虾的鲜香和葱香再也藏不住,肆无忌惮地弥散。一大碗"浆"置于桌子中央,敦敦实实,尝一口,蔬菜的爽口与虾的鲜醇相遇,滋味美妙,十分开胃,直吃得姐弟俩额头冒汗,肚皮胀鼓鼓。母亲在一旁看着我们,笑意要从眼睛里溢出来。

小学时的某次运动会,在海军码头大操场举行,结束时,为不远处飘来的香味丢了魂。循香而去,操场边上,有个奶奶正用小煤炉煎食物,她舀起飘着葱花的面粉浆倒进笊篱,笊篱已入油锅,用筷子夹起若干萝卜丝混入面粉浆,又铺上一层白嫩嫩的糯米饭虾,细细密密地,最后用一勺面粉浆封上。冒着泡泡的油热烈地拥住了它,那种香怎是一个小孩把持得住的,乖乖掏出钱买了一个。圆墩墩亮黄黄的饼被包在纸里,纸逐渐被油浸润,变得透明,顾不得烫嘴,咬上一口,小小的我竟被美味惊得说不出话来,忘了问那叫什么饼。

此后,日思夜想,缠着母亲也做这样的饼吃。母亲根据我描述的,备齐了食材,但加工程序就没那么讲究了,她将面粉调成糊后,加适量盐,糯米饭虾、刨成丝的萝卜以及葱花一股脑儿加进去,拌均匀,用筷子夹起一小团一小团,放入油锅煎。捞起入盘,一团一团紧挨着,金黄中带点点绿，虽跟那个奶奶做的不同，却也自成一味，酥、脆、鲜，我称之为"糯米饭虾饼"。这种糯米饭虾饼，嫩且香，每吃一口，都会产生一种满足感。

这道小食在我们家保留了下来，许多个清晨，母亲在厨房忙碌，锅铲相击的声音甚是悦耳，不多久，便端出满满一盘子的"糯米饭虾饼"。幸福便是如此吧。

五

除夕前一天，母亲从瓮里倒出黄豆，盛于竹匾，晒一番再挑挑拣拣，剔除碎粒和有杂色的，剩下的颗颗圆胖、色匀、完整。黄豆是母亲亲手种的，除去鲜吃和留种，每年专门留出一部分做黄豆鱼鲞冻。鱼鲞爿爿簇拥，密密匝匝，屋里屋外都是阳光和海风杂糅的味道。父亲数次从那些鱼鲞旁走过，检阅军队似的。终于，下了决心，刀起鲞落，就这些了。

鱼鲞切块，装盘待用。

作为年夜饭的压轴菜，黄豆鱼鲞冻自然是受到礼遇的，熬煮过程不算繁杂，但颇费时，拿捏分寸、掌握火候，父母亲用心又耐心。起灶，待锅热煸一下葱姜，加清水、酱油、白糖、茴香等，放多少全凭灶头经验。而后，浸泡过的黄豆、条状五花肉、若干肉皮，依次下锅，加盖小火烧。

冰冷的屋子里有了暖意，并逐渐氤氲开来。

父亲和母亲有忙不完的事，两个系着围裙的人在狭小的空间里一遍又一遍地擦肩而过。沉默，却默契。我脚踏火熜，手捏针线，自顾自给布娃娃做着新衣裳。过年了，我有新衣裳，我的娃娃也应该有。布料是在衣橱的抽屉里翻找的，那里都是母亲做衣服用剩的边角料。我选了厚实的布料，给娃娃缝一件大衣，钉上扣子，像模像样的。我朝母亲晃晃自己的得意之作，母亲端着一木盆的碗盘杯盏，白了我一眼，说："尽浪费我的布。"她一转身，瓷具相击，发出好听的交响。

咕嘟咕嘟，锅盖边冒出白色气泡，香味偷跑了出来，缭绕不去。母亲问，鱼鲞应该可以放了吧？父亲揭锅瞅了瞅，放吧，差不多了。

放入鱼鲞后，香气的层次丰富了起来，鲞的咸香、肉的鲜美、黄豆的清新，那种三合一的味道美好得无法形容，云雾般在屋子里、在鼻子底下打旋，热气腾腾的，勾得人坐立难安。但馋死也是白馋，这道菜不到年三十晚，是不让碰一丁点儿的，只能眼睁睁看着它被结结实实装入大瓷盆。

我和弟弟鬼头鬼脑地挪过去，黏在大瓷盆边上。弟弟用眼睛跟我说，趁大人不注意偷吃一块吧？我稳住摇摆的心，清了清嗓子，拿出做姐姐的威严，不能偷吃，列祖列宗会怪罪的。

一夜过后，一盆结冻完美的鱼鲞冻拉开了除夕的序幕。

屋外鞭炮如雷，屋里炒菜声哧哧嚓嚓。父亲掌勺，母亲打下手。各种香味混合着冲进鼻子，俗世的烟火气浓烈得如此诱人。大圆桌摆正，一对锡烛台亭亭玉立，菜品相继上桌。

大圆桌摆12道菜，荤素搭配，糕点水果做点缀。一大碗黄豆鱼鲞冻终于端了上来，威风凛凛地霸占了正中央。丰盛、隆重，年味十足。

吃年夜饭有讲究，每人吃一块糕，高高（糕糕）兴兴；全家人分吃一个米团，团团圆圆；黄豆鱼鲞冻色如琥珀，咬一口，冻化，舌尖初得鱼鲜味，肉香豆香渐次弥漫，鲜咸合一，平衡得刚刚好。满足地用勺子挖，直吃得眉眼舒展，通体舒坦。已经好吃成这样，还要去在意它的喻意吗？也要的。黄豆，借黄字代表旺，鱼鲞，鱼鲞，吉祥（鲞）有余（鱼），鲞又音同"想"，无论幸与不幸，贫困还是富裕，谁不盼着来年有个想头儿呢？

花婆婆与酒淘黄鱼

花婆婆的名字里并没有"花"字,只因脸上麻子排列的形状似花朵,同辈人叫她阿花,我们便喊花婆婆了。花婆婆五官秀气,身量中等,整个人清清爽爽,头发已有了霜色,却梳得滑溜溜,纹丝不乱,脑后的发髻堆得稳稳的。人们说,要不是那几粒麻子,花婆婆年轻时可算美人。

在同村人心里,花婆婆简直是跟酒淘黄鱼绑定的,大伙儿一看到花婆婆就会联想到酒淘黄鱼,而吃到或提到酒淘黄鱼,多数人则自然而然念叨起花婆婆来。那年月,从花婆婆家飘出酒淘黄鱼香的频率太高了,诱人的香味是长了翅膀的,飞来串去,还特意凑到你鼻子底下,小孩们齐齐望向花婆婆的灰旧房屋,恨不能用目光推倒屋墙,勾出美食来。

作为主妇,花婆婆笃信酒淘黄鱼是大补,拂去家中顶梁柱的艰辛疲累靠它,少年长身体供给元气靠它,女人家坐月子补气血也靠它,花婆婆还认为,除了坐月子,酒淘黄鱼便跟女人没什么关系了,整日里做做饭织织网割割草,补什么补?哪像男人,出海下田得搏命拼力气。花婆婆家四个男人,老头子加三个儿子,吃下的酒淘黄鱼是算不清了,那个时候,黄鱼实在多,每年农历四五月间的夜里,岛上的人是听着此起彼伏的黄鱼叫声入眠的,花婆婆说听多了都能分辨出雌雄了,雌鱼的叫声低沉,像点煤油灯时发出的"哧哧"声,雄鱼叫起来高亢，跟池塘里的蛙鸣似的，待天亮了去海边转转，多数能捡到黄鱼。不过即便如此，酒淘黄鱼也没两个女儿的份儿。花婆婆轻描淡写地带过一句，女娃可不兴补，肥成柴油桶还有谁要？

据说，陈家阿爷年轻时身体弱，当渔民曾被嫌弃病怏怏，花婆婆嫁过来几年后，竟日益壮实起来，花婆婆将这归功于酒淘黄鱼。陈家三个儿子渐渐长大，进补得趁早，她隔三岔五地做酒淘黄鱼，儿子们从少年吃到青年、中年，有人开玩笑，说就连花婆婆院子里的冬青树都有了黄鱼味。后来，野生黄鱼突然销声匿迹，我甚至觉得，岛上最失落的，除了渔船老大，就数花婆婆了。

做酒淘黄鱼，花婆婆认真到近乎虔诚。取两三斤重的新鲜野生黄鱼，去鳞去腮去内脏，洗净后往鱼肚里塞入切好的姜片，在鱼背上划上几刀，浸泡于黄酒中，如此，可去腥、入味。第一步完成后，院子里，花婆婆用干树叶、刨花等生着了炉子，拎回屋。她的右肩略往下倾斜，拎着炉子，迈过门槛，整个人稳而有力，脑后的发髻一动不动。花婆婆没缠过脚，走起路来"噔噔"响，每一步，黑色一字扣布鞋都结结实实贴在地面上。浅咖色砂锅早已摆于桌上，那是酒淘黄鱼的专用锅，锅底与锅身略有熏黑，平日里，砂锅可不轻易现身，花婆婆宝贝似的用布包好，藏在角落里，我每次见到它，就会想起神话里的某种宝物，你渴求什么，里面就能变出什么。砂锅只会变出酒淘黄鱼，取出姜片的黄鱼入锅，加土冰糖、乌枣、核桃肉等，以黄酒当水，漫过黄鱼，最后，盖上锅盖，端到炉子上。

"淘"是岛上的俗语，意即用文火慢慢炖。炖有讲究，前头宜旺火，花婆婆握着火钳子拨了一通煤球后，坐在小杌子上拿蒲扇来回挥动，这只手扇累了就换另一只手，人工风"呼呼呼"，红红的火苗像舌头舔着砂锅底，直至有淡淡的香气从锅沿与盖子缝隙里钻出来，若有似无。之后便省力了，让炉子里的火顺其自然，只要不熄灭就行，任其慢慢煨，无赖似的跟时间较着劲儿。花婆婆可以腾出手来做其他事了，比如缝补、拣菜、腌鱼等，都在近旁，她必须将炉子上的那锅东西圈定在自己视线范围内，不然没法安心。

终于，浓香随着"咕嘟咕嘟"声溢出来，迅速弥散。空气里充盈了鱼的鲜、酒的醇厚和糖的甘甜，那种混合的香让人禁不住连做深呼吸。也就只能闻香过过瘾，花婆婆是不会让谁解个馋之类的，哪怕一口汤。在炖的过程中，她自己也从不尝味，随它淡了浓了甜了，就这样了，甚而中途绝不揭锅，说是会漏掉"一口气"。花婆婆每锅只炖一条黄鱼，酒淘黄鱼做好时，在锅里依然是整条的，用筷子一扒拉，鱼肉从鱼骨上爽快地脱落，扑进浓稠的汁里。在她的逻辑里，补品是不可分食的，吃酒淘黄鱼的人，须把除鱼骨鱼刺之外的通通吃光，连汤带汁，一滴不剩，这样才会见效。

也有过例外。有一年，花婆婆的酒淘黄鱼正炖得喷喷香，门外来了两个要饭的，一大一小，应是母子。岛上经常出现一些来自外地的乞丐，他们说着我们听不大懂的话，或手拿布袋子讨点儿大米，或要点儿零钱。当时的情景，花婆婆后来是这样跟村里人描述的：她把量米筒里的米"嗖"地倒进妇人的袋子，对方转身欲走，发现小男孩倚住门框不动，正贪婪地翕动鼻子，一脸痴相，妇人便捉住他的手往外拉，男孩仰起灰扑扑的脸，嘀咕了一句什么，涎水从嘴角滴下，妇人涨红着脸，手上用了劲儿，差点儿将单薄纤弱的孩子拽倒在地，男孩撇了撇嘴，眼泪唰地掉了下来，就像雨水流过脏玻璃那样，泪水所过之处，在脸上留下了两道痕迹。花婆婆叫住了他们，回屋盛了一碗酒淘黄鱼给男孩。

花婆婆说，看看锅里的鱼少了小半截，而儿子马上放学到家了，又突然有些后悔，那一瞬间会不会魔怔了？只是那男娃怪可怜，实在瘦，整个儿跟个豆芽菜似的，嘴巴还裂了口子，哭起来眼睛往下一垂，像我那个弟弟。花婆婆的眼里掠过一抹柔柔的光。花婆婆有个弟弟，十多岁就没了，水库里淹死的。

花婆婆的小女儿每每讲起此事，眼珠子往上一翻，唉，我跟我姐还不如一个要饭的。无奈中透着怨气。花婆婆听到了也不回应，眼皮耷着，神情淡然，只顾忙自己的。花婆婆素来有主见有原则，你说归你说，她做归她做，抱怨几句又翻不起什么浪花。

当然，若真触及她底线犯了她忌讳，花婆婆是不会客气的。那事还是跟酒淘黄鱼有关。儿子成家了，花婆婆的酒淘黄鱼依然持续供应，雷打不动。酒淘黄鱼做好后，儿子要么在花婆婆那里一口气吃完，要么连锅端去，回自己屋里慢慢享用。二儿子常端去西屋自家处，有一次，花婆婆过去问事，恰好撞见二媳妇正凑在砂锅旁吃得咂嘴舔唇，儿子却像个要饭的，捧了只碗靠在边上。这一幕把花婆婆气得当即翻了脸，一向爱面子的她没控制好自个儿的声量，冲儿子儿媳吼上了，接着，儿媳的声音也越来越响，我们还听到了二儿子的劝说声，不停地重复，最后好像还认了错。

花婆婆跟我母亲提及时，仍旧愤愤的，说二媳妇坐月子时，没少吃她做的酒淘黄鱼，吃得又白又胖，自出娘胎都没过得那么舒服吧，居然还不知足，这么自私，不识相，抢自家男人的滋补品。懒婆娘长了一副馋相，每天就带带孩子啥事不干，吃了不怕上火啊，烂嘴巴烂鼻子的东西！又说儿子傻，傻货一个，他自小就知道酒淘黄鱼得一个人吃啊，不然达不到效果的……激动处，花婆婆的眉毛眼睛鼻子几乎扭作一团，每一粒麻子都发红，似是刚刚用燃着的香头点上去的。

听说此后，花婆婆规定，二儿子吃酒淘黄鱼必得去她处，婆媳关系如何，自是可想而知了。

天气好的话，每天早晨花婆婆会在院子里梳头，她坐在小杌子

177

上，背后一排冬青树，面前摆一条方凳，方凳上有碗泡着榆树皮的水，她的梳子在碗里蘸了水后，自额头发际梳至颈后、发梢，一遍又一遍，嘴里"咿咿呀呀"地哼着，不知是越剧里的哪一出。夏日里，小孩子起得早，有时特意转悠到花婆婆那儿，因为她的院子一角种了葡萄，花婆婆梳好了头，会把熟了的葡萄摘进，趁阳光还不毒辣，我们多少能沾到光。碰上她心情好，我们还有故事听，神话啊民俗啊，犹记得《海龙王招婿》，里头说虾潺下巴合不拢是因大笑所致，箬鳎原先是圆桶身材，被龙王打了一巴掌才扁的，而小黄鱼之所以颌下有一点儿红，则跟龙虾打斗时吐了口鲜血有关……关于黄鱼那点红痣，花婆婆有自己的说法，红点加上金黄的身躯，多尊贵，那叫王相，不愧是万鱼之王嘛，不然能有那么好的营养？花婆婆用夸张的语气说起鱼汛旺发期，黄鱼群啊蜂拥而来，海面就像铺满了金子，闪闪发光。

其实彼时，黄鱼已趋于式微，岛上的人都能感觉到，最明显的，水产公司剖鲞和翻鲞的工人闲了起来，主因是黄鱼鲞骤然减少，而在我家，父母亲基本不做醉黄鱼鲞了，改成醉马鲛鱼鲞等。身在渔民家庭，关于黄鱼的捕捞前景，花婆婆应该还是清楚的。长大后的某一刻，我突然想到，花婆婆那会子焦虑过吗？毕竟，她一直以能做得一锅上好的酒淘黄鱼为傲，家里的四个男人也均做证说，不是没尝过别家的酒淘黄鱼，甜度恰好的，火候不够；火候足了，有腥味；无腥味的，汁水稀薄了……反正，总是欠了那么一点儿。嘴巴都被花婆婆养刁了。

花婆婆自然不是天生就会做酒淘黄鱼的，她是个很爱琢磨的人。早年，做酒淘黄鱼，难办的是配料。有段时期，糖酒等都要凭票买，且每家是定量的，花婆婆绞尽脑汁，终于想出用茅草根来替代糖，茅草根嚼起来甜滋滋，还是一味中药，她将其从地里挖出，洗净，切得细细的,与黄鱼、酒同炖,有一股特别的草香。缺黄酒,她买来酒曲,自己酿米酒,想舀几勺舀几勺,做出的酒淘黄鱼倒是酒香浓郁,肉却略酸。花婆婆由此得出经验,要做出地道的口味,所有材料都不能凑合。待条件好到配料可以肆意选用时,花婆婆又琢磨起了配比、火候等。按她大儿子说的,我妈就是喜欢耗在酒淘黄鱼上,细致郑重得像造原子弹。

花婆婆哪能料到,有那么一天,黄鱼这味主料竟如此难觅,应该说,是消失得如此决绝。长期的酷鱼滥捕导致野生黄鱼资源枯竭,但花婆婆固执地认为,跟岛上那位金姓船老大的去世有某种神秘的关联,金老大被誉为"黄鱼大王",创下过黄鱼捕捞的辉煌佳绩,她不止一次跟人讲,黄鱼都跟着金老大走了。随后,又长叹一口气。

没了黄鱼,花婆婆自然不再做酒淘黄鱼了,然花婆婆依旧是那个闲不住的花婆婆,她腌萝卜、制霉苋菜梗,家中一年四季常驻着坛坛罐罐,邻近的老婆婆们时不时端着碗盘过来捞,花婆婆乐得分享,总让她们盛得满满地走。某日,花婆婆清洗坛瓮时,突然想起了那口砂锅,找出来解开布,发现锅已开裂,一条细细的缝从锅底爬上了锅壁。大概久置不用,也要坏掉的吧。

时间毫不客气地带走了陈家阿爷,花婆婆也一年一年地老下去,走路变得轻而慢,脸愈发瘦了,眼睛和嘴巴凹陷了进去,一笑,皱纹快把麻子挤没了。平日里,她多数就跟其他婆婆们聚一起念念经,晒着太阳说说话,偶尔说着说着,她却睡着了。

花婆婆临终前,突然想吃酒淘黄鱼,这可难坏了儿女们,当时,野生黄鱼踪迹难寻,养殖黄鱼尚未普及,遂想到了以与黄鱼近似的梅鱼代替,却被隔壁的刘婆婆劝阻了,她说花婆婆已经坚持吃素念佛十多年了,临走还是别让她破戒了。儿女们思量再三,只好让人用面粉制了一条"黄鱼",按照做酒淘黄鱼的方法炖了。

花婆婆躺在那儿,勉力张开嘴,女儿将调羹凑近,一丁点儿"酒淘黄鱼"便翻了进去,她含了半天,咕哝一句,一点儿味道都没有。而后,闭了眼。

盛名之糕

一

一个海岛，海产品的风头被一种糕轻而易举地盖过，不多见。有人臆想此糕出身高贵，或曾频频亮相于达官显宦的宴席，然恰恰相反，最初，它不过是底层民众聊以饱腹的干粮。

糕以硬著称，长约两寸、宽一寸，鹅黄莹亮，状如惊堂木，敲在桌上"咚咚"响，便叫硬糕了。此糕主要原料为糯米和白糖，两种材料黏度都很大，再经费尽心思地蒸与烤，达到硬度指标之外，还兼顾了脆度，会配合牙齿用力到一定程度后爽快地断裂，且咬下部分呈片状，而不是块状或粉末。碎片慢慢融于口，细腻绵甜，齿颊留香。

硬糕的历史得追溯到清朝。光绪年间。时局动荡，天灾连着人祸，逃荒者众，浙江黄岩人林氏携妻儿一路漂泊，历尽困苦，最终在浙东沿海的小长涂岛落脚生根。长涂岛位于今时的舟山本岛以北，岱山岛以东，分大小长涂两个岛屿。小长涂在宋朝时已有居民，属昌国县蓬莱乡，明嘉靖《宁波府志》里有"长涂山在昌国西北海中"的记载，到清代，谓蓬莱乡之长涂庄，隶属定海县。

一个悬水小岛，何以让林氏下定决心长住下来？海岛具有丰富的海产品是一方面，最重要的是，他瞄到了商机。

大、小长涂岛之间夹了一条长7.8公里，宽400-700米的长涂港，港域宽阔，水深流直，且有诸多岛屿遮挡，是"台风刮不进，巨浪涌不起"的天然避风良港。每逢渔业汛期，沿海各省渔船纷纷进港停泊，如士兵列队，浩浩荡荡，一眼望不到头。海上捕鱼，风里浪里，下网拔网不分白天黑夜，且不说很多时候根本顾不上烧饭，就算偶尔得闲，架锅生火也极为不便，当时的渔船以小木帆船为主，浪稍大，船一颠簸，锅就翻了，渔民只得带些简单的糕饼充饥，那些沐雨经霜的人啊，对饮食要求一向不高，能吃饱，有力气干活儿就行。而林氏恰好有做糕的手艺，遂想到做糕点买卖，糊口过日子，未料，因他家软式糕点口味佳，关键价格还低廉，一出来便深受渔民们欢迎，汛期里，忙到整夜不睡依然供不应求。有生意一起做，其黄岩老乡闻风而来，亦留居长涂，岛上一下子开了三家糕店。

彼时的糕当然还不是后来风靡沿海各地的硬糕，只是一种黄岩特色的糕点，至多算个前身吧。

黄岩软糕解决了渔民船上用餐问题，但时日一长，弊端也显现了，糕软，水分就多，易损坏，还易变质。海上作业，受各类因素影响，出海时间长短无法控制，渔民太需要那种能够存放得久又不会碎裂的干粮了。

变则通，通则顺。林氏有作为生意人的智慧和精干，他开始着手改革工艺，调整糯米、糖、水等比例，将重点放在蒸、烤、烘干工序上，并联合另两家糕店一起研制、试制。其间经历多少次失败，多少次修正，不得而知，最终的成品无疑非常成功，硬实，香甜，硬糕从此诞生。冠以岛名，长涂硬糕，又因制糕的水源来自岛上那口叫倭井潭的水井，长涂倭井潭硬糕之名应运而生。

硬糕不易受潮变质，保存时间长，即便被浪头打湿，坚实依旧，风味不减，渔民将它当作了宝，直接放口袋，随时随地拿出来啃一口补充体力，当下酒菜也不错，有嚼头还经吃，被戏称为"可以吃的石头"。如此，硬糕随船流传到沿海各地，名气日盛。

据说某年，一艘渔船遇大风倾覆，船上的数箱硬糕在海上漂浮了几天几夜，被捞起后依然完好，且香味和口感如一。消息传开，以至江、浙、闽、沪沿海一带妇孺尽知。到民国时期的鱼汛旺季，小长涂岛的硬糕店竟达20余家，畅销程度可见一斑。

岛上，从海岸交界线向陆地延伸过来的那部分，我们叫"外滩"，正值傍晚时分，海风张开怀抱拥过来，裹挟着咸腥的味道，吹得人思绪纷飞。许多年前，"外滩"这一带，包括后面的空地上，全是摆摊卖硬糕的，店主们爱拿起硬糕边敲击边吆喝，"咚咚咚，咚咚咚"，那气势，跟擂军鼓似的，怕是把潮水都惊退了。

二

硬糕自然不只是渔民出海的充饥干粮和下酒之物，在零食稀缺的年代，硬糕因耐吃、不贵而被大人们所青睐，义不容辞地解了岛上孩子的馋。

一包硬糕里，并排躺着五块"花岗石"，齐崭崭的。幼时，不得食硬糕的要领，常常望"糕"兴叹，遂故意撕开包装纸，让硬糕暴露于空气中，期待它潮掉变软，无奈左等右等，硬糕偏不就范，只能求助于母亲。母亲将硬糕置于砧板上，操起菜刀就砍，那阵势，简直像劈石头，我甚至担心会溅出火星来。一块硬糕被剁成数小块，一小块含在嘴里,其余用手绢包起来,揣于兜里,跟小伙伴疯玩的间隙,迅速打开手绢,仰头,张开嘴,让某一小块翻个跟头而进。一整天,甜甜糯糯的滋味未曾间断,多么满足。大人也满意,一块糕能哄一天,划算。

芬比我大一岁,已然尝到了"打零工"的甜头,她一有空就帮她母亲织网,赚零用钱。很多时候,我去找芬玩,她都在埋头织网,小小的身子与小马扎黏在了一起,尺板与梭子叩击,发出"笃笃笃"的声响,渔网织长了,随意一绑,在地上堆成"髻"状。

又一张网织完,芬得到了四包硬糕,每包五块,共二十块。芬兴冲冲邀我过去吃。她家的老房子低矮、潮湿,屋内总是暗乎乎的,一眼看到了白纸包装的硬糕,摆于桌上,雪亮雪亮,像一团光。芬慷慨地分了我一整包,我俩坐在门槛上,吮着硬糕,啃着硬糕,两三只鸡转悠来转悠去,朝我们"咯咯咯",见无人理睬,只好啄食石板缝里的野草。芬摊开右手,手心有一条淡淡的勒痕,那是提梭下拉网线时勒的,每织一个网眼都会勒一下。说起以糕代酬,她举着硬糕,眉眼漾着笑意,有一种赚到了的怡悦。我把手里的最后一点儿扔进嘴里,先以唾液润之,再轻松咀嚼,细润不黏,甜香四溢。

多年后,芬拎着硬糕来看移居小城的我,聊天间,把小时候以糕代酬的事翻了出来——原本说好织完一张网给两块五毛钱,后来她母亲提议以四包硬糕替代,芬欣然应允。那会,硬糕的价格是两毛五一包,四包也就一块钱。芬拍了拍硬糕,说那是被自个母亲"算计"了,真是亏大了,可怜当年还觉得合算得不得了,我说谁叫你嘴馋呢。两人笑作了一团。

糕有高高(糕糕)兴兴的寓意,老一辈说过,一家子心情好了,和和气气的，就会一切顺遂。

三

硬糕风味独特，其古朴复杂的制作工艺功不可没。

过去，做硬糕全凭人工，淘洗、配料、筛粉、擀面、印模、切割、装盘、两蒸两烤、冷却包装等，这一系列工序下来，极其考验人的耐性。擀面、印模、两蒸两烤都是繁重的体力活。少时，曾亲见做糕的辛劳，夏季，堆满模具、擀面棒、大盘子、笼屉的作坊里，烟雾腾腾，热浪炙人，而制糕者一直守在火热的灶头，犹如受刑。汗水从他的每一个毛孔涌出来，衣裤全部濡湿，直叫人担心会中暑晕倒。蒸烤工序特别讲究火候，得时刻盯着，若这道工序做得不到位，材料报废不说，前几道工序付出的辛苦也白费了。

硬糕的制作工艺列入市非物质文化遗产名录那一年，我已离开长涂岛，居于一座小城。出来时，带了好些硬糕，邀新朋友品尝。长久以来，长涂人到外求学或出岛走亲访友，买硬糕赠人已成一种特定的习惯。早从上世纪六七十年代始，随着渔民出海装备和生活条件的巨大改善，硬糕的干粮身份逐渐模糊，而制作工艺、文化背景、糕的寓意及当地人的心理感情所赋予的附加值，让这款老字号糕点有了新的民俗文化意蕴，成为馈赠佳品是水到渠成的事。

六岁那年，去上海看病，父母亲除了准备上好的鱼鲞、虾皮之外，还有硬糕。小岛上的人去大城市看病，且是要动手术的病，人生地不熟，必得求到人。上海的那个阿婆算是远亲，模样早已记不清，印象中，是个和蔼、矜贵的老太太，她从阁楼慢慢下来，将一包大白兔奶糖和一种麦色的圆饼塞给我。圆饼中间略突起，像个小馒头，里面有馅，酥甜油润，我从未吃过这么高级的饼干，一口气吃了三个。就连饼的包装都显贵气，厚实的半透明袋子，上有花花绿绿的画和字，好看得忍不住想收藏。

不由瞥向桌上的硬糕，素白纸上印了绿色的"长涂硬糕"字样，寡淡、粗疏，犹如乡野小妞，有种上不了大场面之嫌。上海阿婆有个孙子，与我年纪相仿，他一把抓过硬糕，不想，用力过猛，包装纸被抓破，硬糕掉了出来，落在地上，发出一声"嗵"。声音不大，我却莫名发窘。小男孩捏了捏地上的硬糕，怔了一下，而后，狠狠扔了出去。我的惊叫声引来了大人，后得知，男孩以为那么硬的东西不可能是吃的，当是个方正的漂亮石头，便扔着玩了。这可把父亲和上海阿婆乐坏了，示意我吃给他看。我跟接到了一项光荣任务似的，立马拿起一块硬糕，选取其中一个角下口，慢慢使劲儿，往中间吃，吃得喷喷响，男孩露出惊奇之色，也取来一块，学着我的样子咬，他闭着眼，歪着嘴，感觉花费了好大的力气，终于顺利咬下一块后，举着缺了角的硬糕，一脸兴奋。

虽语言不大通，基本也明白了，祖孙俩夸硬糕厉害又特别呢。我再次看向桌上那些硬糕，方方正正，清清爽爽，甚是顺眼。

每年寒暑假末尾，是硬糕的旺销期，学子们总要带点儿家乡的特产与同学分享。那年，弟弟考上了四川的一所大学，按例，带了硬糕。到校后没几天，打来电话，说宿舍的同学很喜欢，可惜，带的不够多。于是，下一学年开学，他的那只牛仔包塞得鼓鼓囊囊，里面全是硬糕。弟弟拎着行李，背着一大袋硬邦邦沉甸甸的"石头"，乘轮船，坐火车，奔赴天府之国。

2019年初秋,我回岱山参加"岱山杯"全国海洋文学大赛颁奖典礼,与来自五湖四海的文友共聚、交流,席间,上来岱山三宝,三宝之一便是长涂硬糕,为方便食用,厨师将硬糕切开,摆成扇形装于盘中。夹一块入口,熟悉的最初的味道由舌尖涌向记忆,我的心里不由得热了一下。当仁不让地向大家推荐硬糕,并简单介绍了它的历史,十来双筷子齐齐伸了过去。

话题从一块百年之糕展开了。